山折哲雄
髙山文彦

JN180178

# 日本人が忘れた日本人の本質

講談社+α新書
プラスアルファ

# まえがき

山折哲雄

今から五五年前、キューバ危機（一九六二年）で経験した核の怖ろしさは、当時の日本列島の人間にとってはいまだ他人事《ひとごと》だった。

ところが今年になって北朝鮮が暴走をはじめ、米国の「カール・ビンソン」が太平洋の波をけたててやってきたとき、あの底知れない危機感がわが事として身に迫ってきた。

ケネディ・フルシチョフ時代からトランプ・金正恩《キムジョンウン》時代への急激な転換が、これまでのわれわれの常識をひっくり返し、新たな脅威を喉元につきつけてきたと言っていい。

そんな時も時、外交や政治の大舞台で何とも耳障りな「ウィンウィン」という言葉が首脳のあいだで飛び交うようになった。日米首脳によるゴルフ外交の場もそうだった。日ロ間の北方領土を巡る交渉でも、経済援助をからめてそんな言葉がやりとりされていた。

これは古い言い方だと「共存共栄」となるのだろうが、実際は「とにかく、うまいことやろう」という口裏合わせかもしれない。これこそ「和魂漢（洋）才」の道と割り切る向きもあるだろう。近江《おうみ》商人の「三方《さんぽう》よし」の知恵もそうだった。売り手よし、買い手よし、世間よし、である。

が、同じ江戸時代、「三方一両損」という大岡裁きの物語にも人気が集まった。交渉ごとには「一両」ずつ損をする譲り合いの精神が大切で、それで三方丸く収まるというわけだった。「負けるが勝ち」というのもこの路線。「ウィンウィン」だけではうまくいかないよ、という警告である。たとえオモテでは得をしても、ウラでは譲る。そうなれば、これはもう古典的な手練手管だ。いくら「ウィンウィン」と英語で声を大にしても、洒落にもならない。まだ日本語のほうがはるかに含蓄がある。

海外から帰国する機上から眼下を見下ろすと、この国ではどこまでも森林と山岳が広がっているのがわかる。そんな光景はロンドンやパリの空港に近づいたときには、まず眺めることができない。エルサレムやモスクワや西安《シーアン》の上空からでもお目にかからない。視界に入ってくるのは乾燥した砂漠地帯か単調な草原の広がりぐらいのものだ。

ところが日本では機首を下げていくとき、しだいに豊かな田園地帯が迫ってくる。関東平野や、瀬戸内海をとりまく里山や農村の姿が日に入る。さらに降下していくと近代都市があらわれ、コンビナートをはじめとする工場群が近づいてくる。

飛行機がやっと滑走路にすべりこんで、ああ、日本列島は三層構造でできあがっていると気づく。それだけではない。この列島の構造は、おそらく日本人の意識にも三層構造をつくりだしているのではないか。第一に深層に流れる「縄文」的感性、そしてそこにひそむ無常観や自然観。第二に中層に浸透する「弥生」的人間観、あるいはそこに流れる勤勉や忍耐心。最後に表層をカバーする「近代」的な価値観、またはそこに根ざす儒教的合理主義、である。ここで見落としてはならないのは、この三層がたがいに他を排除しない、したがって否定し合わない、寛容な重層の構造になっているということだ。

相互包摂の関係と言ってもいい。戦争や災害のような危機に直面したとき、われわれの先人たちはこの三層に横たわるそれぞれの価値観や世界観を柔軟に取りだして対処し、苦難をのりこえてきたのではないか。どれか一つの価値や主張を生活の第一原理にすえるのではない。状況に応じた三層それぞれの価値観に身をゆだねる。

こうした生き方はたしかに指導原理を欠く無責任、無原則の態度と言えば、言えるかもしれない。選択意思の薄弱であいまいな処世術、と批判されるかもしれない。第二次世界大戦のみじめな敗戦の経験をふり返れば、そのような忠告に耳を傾けるのも大切なことだ。けれども、世界がテロや難民などの問題に直面する今日、この日本列島において熟成された三層構造の世界観や人間観が、これからは意外な働きをするようになるのではないだろうか。

日本人は過去一〇〇〇年のあいだ中国からじつに多くのことを学んできた。知識や技術だけでなく、自然観や人生観なども仏教、儒教、道教などを通じて吸収してきた。それはまさに一〇〇〇年にわたる「日中同盟」の時代だったと言っていい。ところが明治以降はもっぱら欧米から数えきれない知の体系と物質文明の果実を受容し、栄養にしてきた。ときに戦火を交えたことがあったにしても、基本は「日欧同盟」「日米同盟」の時代だったと言っても過言ではないだろう。

その長期にわたる「同盟」関係のなかで、われわれは自己の道を見失うことなく、さきにのべた意識の三層構造にもとづく選択意思をつらぬいてきたのである。これからの「日米同盟」の基軸もその軌道の上にのせること、それ以外にないことを覚悟すべきではないだろうか。

このたび髙山文彦さんと、現代日本における緊要な問題についてじっくり語り合うことができたのは幸せであった。

二〇一七年五月二九日

# 日本人が忘れた日本人の本質◉目次

## 第四章　近代の夢から覚めて～情へ

## 第五章　土に還る――日本人の死生観

本文写真／時事通信フォト
講談社写真資料室

# 第一章　天皇と日本人

## 天皇の「おことば」

**髙山**　二〇一六年八月八日、現天皇がみずからの「生前退位」をもとめる「おことば」を直接、国民に発しました。「象徴としてのお務めについての天皇陛下のおことば」と題されたビデオメッセージのなかで、くり返し語られている「象徴」という言葉に、天皇の強い思いがこめられているように感じました。

即位以来、私は国事行為を行うと共に、日本国憲法下で象徴と位置づけられた天皇の望ましい在り方を、日々模索しつつ過ごして来ました。伝統の継承者として、これを守り続ける責任に深く思いを致し、更に日々新たになる日本と世界の中にあって、日本の皇室が、いかに伝統を現代に生かし、いきいきとして社会に内在し、人々の期待に応えていくかを考えつつ、今日に至っています。

山折さんは、以前から「日本の象徴天皇制に、何らかの異変が生じている」、そして「何らかの修復の手を打つべきときが迫っている」（『新潮45』二〇一三年三月号）[*1]と述べておられましたね。この「おことば」をどのように感じましたか。

**山折**　天皇が訴えられたポイントは、二つあると思う。まず一つは、象徴天皇のあるべき姿とは何か。そして二つめは「象徴天皇の務めが常に途切れることなく、安定的に続いていくことをひとえに念じ」と述べられているように、皇位を将来にわたってどう安定的に継承していくかということ。じつは、この点こそが、現実的な皇位継承をめぐる天皇自身の不安に対して、政治家がずっと先送りにしてきたことへの問題提起だと、僕は思いましたね。

**高山**　つまり、生前退位の是非というよりむしろ、どうすれば皇室の安定的存続が確保できるかということ、そこに天皇のメッセージがこめられているということですね。

## 女性天皇・女系天皇、女性宮家

**山折**　まず経緯から言うと、小泉純一郎内閣のときの二〇〇四年に、皇室典範改正論議が起こったでしょう。この論議の中心は、女性天皇・女系天皇を認めるか、認めないかだった。そのとき、私も「皇室典範に関する有識者会議」のヒアリングに呼ばれて話したんだけど、秋篠宮の皇子（悠仁《ひさひと》親王）が誕生して以降、立ち消えになったわけです。

**高山**　あれは、皇位後継問題に危機感を深めた天皇と宮内庁が、愛子内親王に皇位継承権を

＊1　『新潮45』二〇一三年三月号掲載の論考「皇太子殿下、ご退位なさいませ」

与えることを含みとして、女性天皇・女系天皇を認めるよう、皇室典範を改正することを持ちかけたのでしたね。小泉さんは、「本当にやるのか?」と何度も宮内庁に確かめたと聞いています。それに対して、当時の安倍晋三官房長官(現首相)が、「ずっと男系で来た伝統をすぐ変えるかどうか慎重になるのは当然」とテレビ番組でも発言していました。「慎重に」とは「反対」ということですから。二〇〇六年に悠仁親王が誕生したことを理由に、安倍さんは小泉さんに直談判して有識者会議の報告書を葬ったと聞いています。

ところで女性天皇は、天皇が女性であるということですが、女系天皇は、父親が皇族ではない天皇のことで、天皇が男性であるか女性であるかは関係ないわけですね。

**山折**　そうです。たとえば、かりに愛子内親王が天皇に即位した場合は女性天皇となり、愛子内親王が即位し、その子供の父親が非皇族で、その子供が即位した場合は女系天皇ということです。もし小泉内閣のもとで、皇室典範が改正されて、女性天皇・女系天皇が認められていれば、そういう継承のあり方になっていたでしょう。悠仁親王が誕生してその議論が止まったように見えましたが、しばらく時をおいて、野田佳彦政権のとき、皇族女子が結婚後も皇室にとどまる「女性宮家」創設の議論が起きています。それによって、依然として皇位継承の問題が課題となっていることが、世間に広く知られたわけです。現行の皇室典範では、皇族の女性が民間人と結婚すると宮家から外れますが、「女性宮家」は、皇族の女性に

国民に向けビデオで「おことば」を発表する天皇（宮内庁HPより）

男子が生まれた場合に、皇位継承権をもたせるということ。つまり、女系天皇に道を開くものです。世継ぎを男系のみにするか女系を認めるかの論議も、このとき再び浮上しています。

**髙山**　生前退位のご意向を強くにじませた天皇のメッセージに対して、天皇は個人として意見を述べてはいけないとか、こうしたメッセージを天皇が発すること自体が憲法の趣旨に反するといった形式論、あるいは日本会議系の中心的憲法学者などからは、ご忖度《そんたく》すべきではあるが国会や内閣が直接、法的に拘束されるわけではない、という遠回しの「天皇の意向だからといって安易に従うな」といった意見がありました。そうした表層的なことではなくて、あらためて象徴天皇とは何か、ということを山折さんにうかがいたいんです。考えてみれば、戦後七〇年のあいだ、天皇についてはまともに議論されてこなかったのじゃないかと僕は思うんですけれども。

**山折**　戦後民主主義を代表する知識人たちにしても、やはり天皇制をやめて共和制にすべきという思いがあったからでしょう、天皇の権威（カリスマ）や、場合によっては権力（パワー）がどのような原理にささえられているのかを正面から論じてこなかった。結局、その核心のところは宙に浮いたままできたと思います。

逆説的に聞こえるかもしれませんが、象徴天皇制というものを戦後民主主義との関係ではっきりさせようというなら、原理的に考えるところからはじめるべきでしょう。長い生命力を保ってきた王権のメカニズムを世界史的見地から見るということです。むしろそこからじゃないと、現天皇のメッセージを読み解くことはできないし、象徴天皇制とは何かということ、そしてこの国の文化のかたちも見えてこないと、僕は思っています。

天皇制の根本には、「血（血統）の原理」と「霊威（天皇霊）の原理」の二つの原理があります。さきにふれた「皇室典範に関する有識者会議」で、僕は、天皇を天皇たらしめるのは「祭祀による天皇霊の継承」というフィクショナルな原理にほかならないと述べました。だから本来、その継承者は血統の原理には基づくが、必ずしもその本質においては性別を問うものではない。大嘗祭《だいじょうさい》をきちんと執り行い、その継承がなされるかぎり、女性天皇でも女系天皇でも構わないと述べたのです。

## カリスマとしての宗教的権威者

**山折**　僕は、象徴天皇という統治スタイルは第二次世界大戦後に初めてつくられたものではなく、じつは一〇〇〇年以上前にさかのぼれると思っている。「象徴」は「宗教的権威」と言っていいでしょう。「宗教的権威」とは「地上の権力を超える力」ですよね。マックス・ウェーバー[*2]はこれを「カリスマ」という言葉で表現しています。つまり、天皇は、現世的な政治的権力者ではなくカリスマとしての宗教的権威者だった。

すでに平安時代、一〇世紀の摂関政治の段階で、宗教的権威すなわち象徴としての天皇の役割と政治的な権力のあいだの相互補完関係ができあがっていた。互いに互いの独走を牽制《けんせい》し、封じるシステムがあったと言っていい。政治的権力と宗教的権威の二元的システムによって、国家と宗教のあいだに調和をもたらし、平安時代の三五〇年、江戸時代の二五〇年間の平和の均衡状態をうみだしてきたのではないかと思う。

＊2　マックス・ウェーバー　一八六四〜一九二〇。ドイツの社会・経済学者。代表作に『プロテスタンティズムの倫理と資本主義の精神』

**髙山**　宗教的権威とは、もう一つの言い方でいうと、祭祀を行うマージナル（境界的）な王ということですよね。現天皇が、あの大戦の激戦地を訪れて、戦争犠牲者の慰霊鎮魂の旅をされてきたことでもよくわかります。天皇制が長く続いたのは、政治権力と宗教的権威の二元的システムによるものと山折さんは指摘されますが、歴史をふり返ると、明治維新で徳川幕府を打ち破った薩長政権が、祭祀王としての天皇を京都御所から連れだし、徳川の居城であった江戸城に移して、政治権力のシンボルとして、金モール付きの洋式の軍服を着せて、近代国家をスタートさせました。

学生みたいな質問をするのですが、明治維新後、江戸にやって来る前には天皇は長く京都にいたわけですが、江戸時代までの京都の天皇というのは、民衆との距離はどれくらいあったんですか。

**山折**　今の京都の街中にある御所に住んでらした。大宮御所というのは里内裏《さとだいり》*3ですよね。昔の藤原大臣たちの、貴族たちの邸宅にときどきやってきて、その娘と結婚したりする。また、里に遊びに行って、そのまま居座ってしまうこともある。現在の御所のすぐ隣は室町といって町民が住んでいるところだから。

**髙山**　すると民衆のなかにも開かれていた？

**山折**　開かれていたと思いますね。たとえば近代のオランダやスペインの国王は町に出かけて握手なんかしてますが、そういうつき合いではないにしても隣り合って住んでいる。雲の上の人ではあるが、現実の生活の場面ではあまり違いがない生活をしていた。「天皇さん、天皇さん」と呼び掛けていたでしょう。

**高山**　「天皇さん」という呼び方だったそうですね。何時代か忘れましたけど、牛車《ぎっしゃ》に乗って、街にお出かけになっていたとか、六条河原《ろくじょうがわら》あたりの演し物《だしもの》を見に行っていたとか。

**山折**　「源氏物語」の世界を投影すればそういうことになるでしょう。あの辺りで牛車に乗っている同士が車争いなんていうのをやっているわけですからね。

**高山**　以前から山折さんは、天皇は現世の政治権力を象徴する今の江戸城からお出になって、宗教的権威を表象する京都にお移りになってはどうかと提言なさっています。それは「おことば」のなかで、現天皇が「天皇として大切な、国民を思い、国民のために祈るという務めを、人々への深い信頼と敬愛をもってなし得たことは、幸せなことでした」と語っていることともつながっているのではないかと思います。象徴天皇のあり方、皇位継承のあり方というものを根本的に考えるときに至ったことはまちがいありませんね。

言ってみれば天皇は、明治以降、薩長によって東京に幽閉されているようなものでしょ

＊3　里内裏　平安宮とは別に置かれた天皇の居室

う。生臭い政治の坩堝《るつぼ》から離れた京都にお帰りになって、初めて名実ともに象徴となれるのかもしれないし、国民とも、もっと直接的につながっていけるかもしれない。

## 天皇を支える二つの原理

**山折**　日本の天皇の歴史は、一〇〇〇年以上続いているわけでしょう。世界史的に見ても、王権がこんなに長く、ある意味で安定的に続いているケースというのは、おそらく日本の天皇制だけです。だから、天皇のそのような皇位の正統性を保証する原理が二つあったということは、その点でたいへん重要だと思うのです。

一つは血縁原理。途中で血縁の流れが切れるとか、途絶える場合がなかったわけではないし、フィクショナルな観念――ニニギノミコト*4だとか神武《じんむ》天皇などによって、血統を繋《つな》いでいくこともありましたが、とにかく血縁というものが非常に重要な役割を果たしています。

二つめは「天皇霊」の継承。霊というとオカルティックに感じられるかもしれないけれど、これは民俗学者であり歌人の折口信夫《おりくちしのぶ》*5が詳細に論じている問題で、皇位の聖性は、代々の天皇の肉体を通して受け継がれてきた天皇霊の普遍性に由来するという考え方です。僕は、これが天皇制という皇位継承の姿を安定的に継続させた重要な要因だと思う。ヨーロッパを見ると、ロシアのロマノフ朝やフランスのブルボン王室、イギリス王室の場合でも、この二つの原理を継承しつづけた例は一つもありません。つまり、ヨーロッパの王権の場合、王位継承の正統性を保証するのは、血縁原理だけだったということ。霊という考え方はないわけではないが、日本の天皇制に比べて非常に希薄だと言えます。日本の場合は、霊の継承と血縁の継承という二本立ての原理で天皇制が続いてきたところに特徴があると思う。

今風の言葉で言えば、血縁原理はリアル原理と言っていいかもしれない。そして、霊はバーチャル原理。バーチャルをもう一つ言い換えて、スピリチュアル原理と言ってもいい。だからリアル原理とスピリチュアル原理。こう言うと、今の人はピンとわかるんじゃないかな。そういう理論を編みだしたのはアメリカの社会学者のO・C・コックス[*6]という人なんだけれども、どうも社会学者というのは、そういう身も蓋もないことを平気で言うんだね。表象的というか深いところを見ようとしないところがあるんで、僕はそのような見方を全面的

＊4　ニニギノミコト　日本神話に登場し、天照大神《あまてらすおおみかみ》の孫とされる。初代天皇の神武天皇はニニギノミコトのひ孫にあたる

＊5　折口信夫　一八八七〜一九五三。学者、歌人。國學院大、慶應義塾大で教授を務めた。民俗学・古代学の独創的な研究で知られる

＊6　O・C・コックス　オリバー・クロムウェル・コックス。一九〇一〜一九七四。マルキストとしても知られた

に受け入れているわけではないんですが、しかし、わかりやすいことはわかりやすい。

**高山**　そうですね。わかりやすいです。

**山折**　では、この血縁原理をどういうふうに考えるか。その理論（ロジック）を考えだしたアメリカの社会学者がいます。それはつぎのような作業仮説でした。「血の一滴」仮説と、僕は呼んでいるんだけどね。

折口信夫

アメリカには深刻な黒人差別がある。どんな理屈でもって白人が黒人を差別してきたのか。その説明原理は、インドのカースト・システムの説明原理にもなるだろうと、僕は思っています。インドのカーストは、人間を徹底的に差別する原理として知られている。

## 「純粋な白人」と「純粋な黒人」

**山折**　白人の差別主義者は、「純粋な白人」という理想型（モデル）をつねに頭（観念）で考えている。そして黒人に対しては、「純粋な黒人」というモデルを立てて考えようとする。つまり、前提は一〇〇％白人と一〇〇％黒人。そういう人間が存在すると仮定するわけです。その一〇〇％白人同士の間に生まれる子供は一〇〇％白人になる。一〇〇％黒人同士が結婚しても一〇〇%黒人が生まれる。ところが、一〇〇%白人と一〇〇%黒人が結婚したら、黒人の血が二分の一含まれる混血児が生まれるわけです。それを表す言葉（蔑称）があるんです。その二分の一混血児のことをムラットmulattoという。そして、その二分の一混血児と一〇〇%白人の子供は黒人の血が四分の一になっている。黒人の血が四分の一含まれている人間をクアドルーンquadroonと呼んでいる。だからこれを四分の一混血児と呼んでもいい。

**高山**　そんな言葉があるんですか。

**山折**　さらに四分の一混血児と一〇〇%白人の間に子供が生まれると、八分の一混血児だからということで、オクトルーンoctoroonという。

**高山**　そこまでとは……。

**山折**　「血の一滴」の差別原理で考えていくと、いくら一〇〇%白人と結婚しても、黒人の血が一滴混じっているだけで、無限に血は分割されて残り続けるということになる。永遠に「純粋な白人」になれない。

**高山**　だからどんなに白人と一緒になっても、何度くり返しても、最後の血の一滴には絶対に黒人の血は残り続ける。これは人種差別を永続的に続けるためのロジックですよ。

**山折**　その通りです。白人至上主義者はこの観念（イデオロギー）を黒人差別の理由づけに使ってきたわけだ。僕はその仮説を読んだときに、あ、これで天皇制を解釈できると思ったんです。黒人差別の「血の一滴」原理は、日本の王制である天皇の高貴さを正当化するための血の一滴原理でもあると。天照大神の血の一滴、これはフィクションですが、少なくとも系譜的にたどれる天皇の血を一滴含んでいる限り、ずっと高貴であり続ける。黒人を差別する側の差別原理は、天皇の原理と同じです。

**高山**　そうですね。醍醐《だいご》天皇の第一皇子が「癩《らい》」になり、親子の縁を切られて清水坂《きよみずざか》に移り住まわれる。そして、そこで暮らす長吏《ちょうり》と称する被差別民の始祖となった。そんな話が長吏のあいだで伝えられていきますよね。自分たちのルーツは高貴で由緒正しい悲劇の皇子であると。これもまた差別の原理を裏返した被差別民の「血の一滴」理論なんでしょうね。

**山折**　だから天皇制は、庶民にはうかがい知れない高貴な一滴をずっと受け継ぎ続けるという原理に支えられているんです。もちろんそれはフィクションの要素が含まれているわけだけどね。日本にはこれを模倣している家系がけっこうあって、その代表例が本願寺門主制です。親鸞《しんらん》の「血」がずっと継承されているからということで、高貴なる本願寺門主一族と、それ以外の門徒との間にはものすごい障壁がある。僕は浄土真宗西本願寺派の末寺の出だから、その感覚を肌で感じてきたんです。比叡山や高野山の座主《ざす》とか貫首《かんじゅ》とちがって、本願寺教団の門主の場合は、血の原理が働いています。これが本願寺教団の原理主義と官僚主義を支えていると言っていい。能や茶の湯などの場合も同様で、家元制度の根源にもその問題が潜んでいる。すべてこの「血の一滴」原理で、大なり小なり説明できると思います。

**高山** これはアジアやヨーロッパでもそうでしょうか。

**山折** いや、血の原理をそのように「活用」している国は、他にはあまりないでしょう。ヨーロッパタイプというのはありますが。ただし、天皇制の強さには、その血の原理と、もう一つのカリスマ原理である霊（霊威）の原理があるわけです。これは天皇霊をずっと継承し続けているということ。代々の天皇の身体は変わる、つまり肉体は死滅するが、亡くなった天皇の霊威は次の新しい天皇の身体に転移してずっと生き続けるというものです。これは先ほど触れたように折口信夫の議論ですが、血と霊の二本立てであるがゆえに天皇制は強固であり長く続くというのが、僕の考えです。

## 天皇霊を継承する大嘗祭

**高山** 戦後、新しくつくられた日本国憲法によって、天皇のありかたは、明治憲法の元首制から象徴制へと変わりました。天皇制を支える二つの原理は、どうなったんですか。戦前と戦後では、変化があったのでしょうか。

**山折** 戦後、日本の天皇制の議論では、血の原理だけに集約されていったんです。霊威（天皇霊）の問題を見て見ぬふりをするようになった。新憲法のもとでそういう憲法解釈が行われるし、戦後民主主義との対抗関係から変化していくわけですね。それは新憲法制定にともなって新しく改正された皇室典範ともかかわります。

新憲法のもとでの儀礼と比較するために、まず明治憲法下での、天皇が亡くなって新しい天皇が誕生するときの手続きを見てみます。旧憲法下においては、天皇が亡くなると、新しい天皇の践祚《せんそ》の儀式が行われます。

**高山**　践祚は、一言で言うと天皇の位を継承することですね。これは神器を受け継ぐ儀式とセットとされてきました。八〇六年に桓武《かんむ》天皇が死去して、同日、安殿《あて》親王が皇位を引き継ぐさいに剣璽《けんじ》（剣《つるぎ》と勾玉《まがたま》）が渡される儀式が行われたのが、践祚の始まりと言われています。践祚は、即位儀式とは区別されているわけですね？

**山折**　ええ、その通りです。たとえば明治天皇は、一九一二（明治四五）年七月三〇日午前〇時四三分に亡くなりました。そして午前一時に、皇太子（のちの大正天皇）の践祚の儀が行われました。

践祚のとき、神器が新しい天皇に引き継がれます。三種の神器は草薙剣《くさなぎのつるぎ》・八尺瓊勾玉《やさかにのまがたま》・八咫鏡《やたのかがみ》ですが、剣はその形代《かたしろ》が剣璽の間、鏡の形代は賢所《かしこどころ》に置かれている。玉は剣の形代とともに、剣璽の間に置かれている。神器は、践祚の儀式にそなえて二四時間以内に移すことができるよう準備されているわけです。それから、明治の皇室典範では、即位の礼と大嘗祭は京都で行うと書かれてあります。

**高山**　即位式は、新しい天皇が皇位に就いたことを内外に明らかにするもの。大嘗祭は、新しい天皇が即位した年または翌年の一一月に行われます。これは天皇が毎年行う新嘗祭《にいなめさい》の特別な名称ですが、新嘗祭は、毎年一一月二三日に、その年収穫された新穀を天地神祇にそなえ、天皇が一緒に食す祭儀ですね。今は勤労感謝の日として国民の祝日になっています。新嘗祭が、天皇の代替わりに行われるときにかぎり、大嘗祭と呼ばれます。これは一代一度限りの大祭ですね。

**山折**　折口信夫によれば、大嘗祭は、亡くなった天皇の身体から新しい天皇に天皇霊を移す儀礼です。ところがね、幕末から明治初期にかけて大きな変化があった。一八六六（慶応二）年一二月二五日に孝明天皇が亡くなって、明治天皇が翌一八六七年一月九日に践祚して、皇位を継承した。

その後、大政奉還やいろんな政治上の混乱があって、明治天皇が江戸城に入ったのは一〇月で、即位は翌年の一八六八年八月二七日。さらに大嘗祭は、即位から三年後の一八七一（明治四）年一一月で、それは東京で執り行われました。いずれ天皇が京都に戻ってくると思っていた人々はびっくりしたらしい。このとき、江戸時代の天皇にはなかった「古式」が導入されました。さまざまな宮中祭祀を『日本書紀』などを参考に皇室の「伝統」としましたが、それは明治維新政府によって創られたわけです。

大嘗祭にもどると、これは先帝の死の鎮魂祭であると同時に、「天皇霊」が新天皇の身体に入って再生する儀礼です。ところが、天皇の「伝統」が創られた明治の段階で、先帝の死と大嘗祭を切り離してしまいました。なぜそんなことをしたのか、推察するほかはないのですが、大嘗祭における霊威の継承という伝統的な観念が忘れさられていたのか、あるいは西欧から流入した近代的な観念では説明できないため、本来の儀礼的文脈を無視したのか、そのへんのところではないでしょうか。なにしろ「文明開化」の運動をこれから始めようとしていたわけですから。明治官僚たちの知恵ですかね。今日の日本の官僚・政治家たちがやろうとしているのも、それと似ている……。

そうなると、まさにカリスマ原理にもとづく大嘗祭の意味が消えてしまうわけですよ。それに比べれば、明治・大正・昭和天皇の葬送儀礼には膨大なお金と人手がかけられたわけですが、それは二義的な問題なんです。

**高山**　戊辰戦争時から薩長は天皇を「玉《ぎょく》」と呼び、政治利用してきましたよね。彼らでつくる新政府は、とにかく欧米に匹敵しうる中央集権国家の建設を急がねばならなかった。国家神道を樹立して天皇を神にまつりあげ、一神教の国々に対抗しようとしたわけです。しかし神づくりはしたけれど、霊威の継承までは求めなかった。仏つくって魂いれず。政治利用の究極のかたちですね。

## 憲法から削られた「儀式」

**山折**　それで、戦後の新憲法のもとで即位しているのは現天皇だけですね。ところが、新憲法下での皇室典範には「即位の礼」に関する規定はありますが、践祚、大嘗祭の規定は削られています。なぜかと言うと、天皇を「現人神《あらひとがみ》」として信仰することをやめて、政教分離を徹底するというのがその根本的な理由です。践祚・大嘗祭は、宗教的権威を前天皇から引き継いで身につけるための儀式だから、それは宗教であって国事行為ではないという理由で、天皇の王位継承の正式の儀礼ではなくなった。この二つは、皇室の私事の祭として、いわば「番外編」に位置づける規定にしてしまいました。

**高山**　すると、新憲法下では、核心とも言えるところの天皇の霊的継承の儀式を規定上ではなくしたということですね。

**山折**　現天皇の践祚は、一九八九（平成元）年一月七日で、昭和天皇が亡くなって数時間後に行われています。そして、即位式は、一九九〇年一一月一二日、内外の人を集めて、東京で盛大に行われました。そこでは、高御座《たかみくら》に上って、総理大臣が前にすすみ拝礼する儀礼が

1990（平成２）年11月22日に皇居東御苑で行われた大嘗祭

行われたわけです。あのときの高御座は自衛隊がヘリコプターで京都から運んだ。玉座は儀式が終わって半年ぐらい一般に公開して、再び自衛隊のヘリコプターで京都御所に戻されています。

それで大嘗祭はどうなったかというと、一九九〇年一一月二二日の深夜から二三日の未明にかけて、本祭が執り行われました。宮中に仮造営された悠紀《ゆき》殿・主基《すき》殿のそれぞれで、新天皇の沐浴、天地神祇との供饌《きょうせん》の儀が行われます。折口説では、殿内で天皇が寝具《ふすま》にくるまって天皇霊を身につける御衾《おぶすま》の秘儀が行われるというのですが、それに関しては明確な史料がなく、実見した人もほとんどいないので、推測の域を出ません。「忖度」するほかはない。ただ僕は、天皇の代替わりに行われる大嘗祭が新嘗祭と同じ収穫祭だとは思いません。先帝の死↓新帝の物忌み↓物忌みからの離脱↓天皇霊を身に着けて新生するというプロセスが、その基底には流れていると考えているからです。

**髙山**　つまり、践祚・大嘗祭によって、新しい天皇が天皇霊を継承して宗教的権威を象徴する存在となるわけでしょう。それを宗教性を帯びたものだからといって「プライベートな祭祀」としてしまうと、大嘗祭の本来の意味が消されてしまい、天皇の天皇たるゆえんがよくわからないことになってしまいませんか？

## 王の滅びない身体

**山折**　ヨーロッパの歴史にも霊を継承する王権はありました。ローマ皇帝です。紀元前から始まったローマ帝国は、ヨーロッパでは長く王権が続きましたね。そのローマ皇帝の永続性を説明する理論が、有名なカントロヴィッチ[*7]というドイツ系の学者の『王の二つの身体』です。つまり、王には二つの身体がある。一つは、生死を繰り返す「肉体的な身体」。代々の

＊7　カントロヴィッチ　エルンスト・カントロヴィッチ。一八九五〜一九六三。代表作に『祖国のために死ぬこと』

ローマ皇帝は、平均寿命三〇歳とか四〇歳と言われるくらい早死にで、肉体は滅んでいくわけです。しかし、もう一つ「滅びない王の身体」がある。つまり永遠のカリスマ的な身体であって変わることがない、そういう二重の身体を持っているという仮説ですね。ところが、ローマ帝国が滅びると同時に、王位を継ぐ者もいなくなった。ですから、「王の滅びない身体」というのは、結局わかったような、わからないような話になっていく。

**高山**　ところがそれが日本では、実態として今も生き続けているわけですね。「王の滅びない身体」とは目に見えるものなんでしょうか。

**山折**　それは結局、霊のことじゃないかな。われわれ東アジア的な信仰には祖先崇拝が根強く残っている。そこには先祖霊が前提とされていますが、ヨーロッパでは近代にはすでになくなっていた。数百年間続いたローマ帝国の時代には、祖先崇拝を残していたけど、ローマ帝国が滅びると同時に祖先崇拝も終わったというのが学界の定説です。一般の西洋人もだいたいそう考えている。その後、永遠性をもつ「王の滅びざる身体」を、ウェーバーは「カリスマ」という言葉で、またデュルケーム[*8]は「パワー（力）」という言葉で表した。ウェーバー／デュルケーム理論が、近代の社会科学を方向づけるわけです。そうしないと、王の永続性は理論的には担保できないと考えたのだと思います。「血の原理」だけでいくと、いずれは崩壊の危機に瀕する。だって「血の原理」が揺らいだとき、皇位継承戦争をきっかけに一

○○○年にわたるヨーロッパの戦乱の時代が始まったんですからね。さかのぼって考えると、ローマ帝国が長く続いたのは、まさに二つの身体論が生きていたからだということが言えると思う。

## 空位期間が革命を可能にする

**山折**　天皇制の問題にもどって、践祚・大嘗祭に関連して、言っておきたいことがあります。戦後、皇室典範の規定からスルーされてしまいましたが、本来これらは、王位の「空位」状態（政治的空白期間）を避けるための儀礼であったわけです。新しい天皇が皇位を受け継ぐ践祚に関しては、現天皇の近くにある三種の神器をスッと移さないといけない（現在は剣璽等承継の儀）。とくに皇太子が旅をするようなとき、いつ、どこで、何が起こるかわからないから、二日も三日も間を空けると王位の空位が生じるわけです――法律上は天皇が亡くなるとただちに新しい天皇が皇位継承することになっていますが、歴史的には三種の神器の受け渡しがないと天皇になれないということがあったからね――この期間をできるだけ短

＊8　デュルケーム　エミール・デュルケーム。一九五八〜一九一七。フランスの社会学者。著書に『自殺論』など

くするために、宮内庁は心を砕いていると思います。

そして大嘗祭は、旧天皇の死の鎮魂と同時に次の天皇が天皇霊を継承する一代一度限りの儀式であり、新天皇の実質的な践祚の儀式です。ここが日本の王位継承の最大のポイントですね。伝統的な考え方からすれば、践祚は、カリスマの継承という意味で欠かすことのできない儀礼でした。ただし、大嘗祭に当たるものはヨーロッパにはありません。ヨーロッパの王位継承は、践祚に当たるものと即位式の二つの儀式でなされます。践祚は、ヨーロッパの王位継承においても、「王の滅びざる身体」を継承させるための儀礼とよく似ている。践祚の儀式は、死の直後に三種の神器を移して王位継承を正当化する儀礼ですから、英語で言うと、accession という言葉で表現できます。それが終わって何ヵ月か経って、「新しい天皇が誕生しましたよ」ということを内外に示すために開かれる即位儀式は succession と言います。イギリスやオランダ王室でも accession 、succession の二本立てで来ているわけです。日本の天皇の場合、その二つに大嘗祭儀礼が加わるわけです。

かつて、ぼくが日文研（国際日本文化研究センター）にいたときに、エイドリアン・メイヤーというイギリスの社会人類学者が訪ねてきた。王位継承の研究者で、そのころは日本の天皇制と比較しながら研究していて、とくに大嘗祭について教えてほしいと言ってきたんですよ。そこで彼は、大嘗祭儀礼というのはイギリスの君主制の問題と比べると、非常に特異な、しかも極めて巧緻な、優れた制度ではないのかと言ってきたんです。どうして？　と私が聞いたら、彼はこういう話をした。

今のエリザベス二世女王が、王位継承するときのことです。父親のジョージ六世が（別邸のある）サンドリンガムで亡くなって、王室外交でケニアにいたエリザベスに、議会と外務省から「王位継承会議を開くからすぐ帰ってくれ」という電報が入った。ここで一つ問題が起こるんですね。それは返電の署名に「エリザベス女王」として返電するか、あるいはただの「エリザベス」で返電するか。結局、エリザベスが主張して「エリザベス女王」として返電した。

ところが外務省と議会は、まだ正式に女王になっていないからと「女王」のついている署名を無視。なによりもアクセッション・カウンシル（王位継承会議）の招集が先決だったからです。そこで委員たちの投票によって次の女王を決めるわけですね。それまでは単なるエリザベス、それを経てからがエリザベス女王なんだよ。ところが一方、ＢＢＣ放送は、ジョージ六世の死後間もなく、エリザベス女王としてすぐ報道したそうです。メディアと議会・外務省の対応は違った。その間、イギリスの法律では、前の王が死んで新しい王を議会が、つまり人民が指名するまでは、王位は空位（空白期間）となっている。それはインターレグナというラテン語として残っている言葉があることからも、古い時代から王位継承にあたっては「空位」という問題があったことがわかります。そのとき人民と議会の意思が入る。場合によっては革命が可能になるわけです。「空位」と「革命」ですね。上等なからくりです。

**高山**　なるほど。そうですね。

**山折**　その王権の空位期間に、王制を共和政体に変えることもできるわけで、それを議会は担保している。これが「保守」と言われる英国流儀のリアルな中身ですね。しかしそのため、イギリスの政治にとって空位という問題は非常に安定性を欠く制度でもある、とメイヤーさんは言っている。儀式のみを表層だけ見ていてはわからない。その背後に隠されている観念を見ておかないといけないわけです。

## 「殯《もがり》」とは何か

**山折**　ところが、そのメイヤーさんが天皇制を調べていくと、そもそも「空位」にあたる伝統的な言葉が日本語にはない、という。日本の場合、神器を受け継ぐ践祚の儀式と同時に王位は「空位」なしに継承されていく制度になっているのではないか。だから、エリザベスの例で言えば、父のジョージ六世が死んだその段階で、「エリザベス女王」と返電していいことになるが、それは議会によっていったんは拒否されている。切れ目のない王権の継承に議会の拒否権が入るからです。その「イギリスと日本の違いはどこから来るか？」とメイヤーさんは尋ねるわけです。それで僕は、「日本の場合には、古来、殯《もがり》という制度があったからだよ」と答えたんです。

殯とは、人の死後、その遺体を一定期間、地上に放置・安置する儀礼のことです。そして、死が完全に確認された段階で埋葬するわけですが、それまでの期間を殯と呼んでいます。記紀万葉の記述にもそれは書かれていて、庶民が死ぬと、その遺体はだいたい風葬にするわけです。山の麓あたりにほったらかしにする。すると死者の魂が遺体から離れて山に昇っていく。あとに残された遺体は魂の抜け殻ですね。魂の行方だけが重要だった。そのことを確認するのが死の儀礼でした。この儀礼は民間でも行われていたようですが、とりわけ古代天皇の王位継承の場面では、大きな意味をもっていたと思います。古代には、天皇の死後には殯宮《もがりのみや》が建てられ、安置した遺体のそばで発哭《みね》という慟哭《どうこく》儀礼や誄《しのびごと》の儀式が行われています。殯の期間は三日とか五日、または七日の場合もある。場合によっては一年、二年続くときもある。そしてその埋葬されない殯の期間は、まだ「死んでいない」わけですよ。

**髙山**　ああ、そうか（笑）。

**山折**　殯は一時的な仮死の状態であるわけです。魂が肉体からヒュッと出ても、また再び戻ってくる実例があるわけですね。三日とか五日とか。一週間経てばもう蘇生することはないでしょう。その魂が戻ってこないということが確認された段階で、死の儀礼が行われる。庶民の場合、普通は三日だというわけです。今、われわれは一日だけど。

**高山**　そうですね。すぐ焼き場に入りますから。最期の息が出きってしまってから四九日間、死者は決して死んだわけじゃなく、意識のみの状態で転生のときを待っているというのが『チベット死者の書』にありますが、われわれ日本人も、長い間こうした考え方を受け継いできていたんですよね。

**山折**　殯の慣習にはいろいろ解釈があって、死者の魂を呼び戻す儀礼期間としてあるのだとか、死者の魂の浮遊を抑えて鎮魂するためだといった議論がある。ですが、どちらも死者の肉体から魂が遊離することが前提にあるわけでしょう。これは霊肉分離といって、日本列島に限らず太古の人びとが抱いていた死生観に由来していると僕は思っています。

とにかく「生理的な死」の状態になっても、魂がまだその肉体に残っている限りは、完全な死と認めない。魂が他界に去って、再び戻ってこないことが確認された段階で、「社会的な死」と認める。だから完全に死ぬまでに猶予期間を設ける。平均的にはそれが七日間ぐらいなんだ。

メイヤーさんも、日本人は人の死を点でとらえないでプロセスでとらえていると言うんだが、まさにそうで、皇位継承の場合には、この殯が非常にいいバッファーゾーン（緩衝帯）というかクッションになる。つまり、この期間に前の天皇から次の天皇への継承儀礼の準備をする、そのための時間的な余裕をもってことをすすめることができるというわけです。
たとえば、昭和天皇が亡くなったのは正月過ぎの一月七日でした。なぜ一月七日かというと、政治日程がまったく何もなかったからだろうと言う人もいる。昭和天皇は前年の九月一九日に吐血されてから崩御まで数ヵ月が経っているわけで、おそらくその間にいろいろな準備がすすめられていたはずです。死の儀礼の準備ですね。一種の殯状態にしていたと考えられる。つまり、この殯こそが、空位の期間を排除する制度で、これは非常に巧妙な制度だとメイヤーさんは言うんだ。

**髙山**　知恵ですねえ。

**山折**　天皇制の強さというか、永続性を担保しているのは、この殯の制度だったのかもしれない。日本列島に住まう人びとは、とりわけこのような霊肉分離の死生観を強く持ち続けた。現代までね。ところがそれに対して、ヨーロッパは王権の継承に空位というもの（概念）を折り込んでいる。それはやはり革命の国だったからなんだね。

**髙山**　その殯状態のあいだに、第三者がそこを狙って、皇位を奪ってしまうことは不可能なんですか。

**山折**　死者の儀礼は何者も足を踏み込めない不可侵とされていたかもしれない。たとえば、天武天皇が六八六年に亡くなったとき、その殯は二年二ヵ月も続きました。その間に遺体はほとんど白骨化していますでしょう。しかし、埋葬されるまでは天武の死を認めていないわけだから、その「殯状態」の間、天武の王としての権威は、遺体に付着していると考えられた。持統《じとう》天皇が即位したのは六九〇年で、実際には皇位をめぐる暗闘があっただろうと思う。その一種のカオス状態を回避するために、そして王位継承を考える場合には、殯が重要なポイントになっているわけですね。日本は、観念的にはいまだにそれをやっているわけですよ。ただし、平城遷都以降は形骸化していったんですけどね。ところが先にも言ったように、明治の近代に入って殯を復活させた。明治天皇の崩御のときに、立派な殯宮が建てられ、古代の殯儀礼を大掛かりに復活させています。それは明治天皇以後、大正・昭和の天皇が崩御したさいにも続けられている。

**髙山**　天武天皇の話は、イエス・キリストの聖骸布《せいがいふ》のエピソードを思い出させます。十字架上で死んだキリストの血痕のついた衣服を、人びとがちぎってキリストの魂としたという。殯には天皇家の強い意志が感じられますね。日本の位階制度は、天皇の任命によってはじめて成立するわけですが、武士たちは天皇から征夷大将軍に任命されることによって幕府を組織してきた。今だって総理大臣をはじめすべての閣僚は、最終的に天皇によって任命されます。ということは、天皇なくして彼らの権力は保障されないわけで、殯の期間に革命を起こすことなんてとてもできない仕組みになっている。天皇家側に立って見れば、実に念入りな延命の知恵と言えるんじゃないでしょうか。
ところで、今回の「おことば」のなかで、現天皇は殯についてもふれておられましたね。

天皇が健康を損ない、深刻な状態に立ち至った場合、これまでにも見られたように、社会が停滞し、国民の暮らしにも様々な影響が及ぶことが懸念されます。更にこれまでの皇室のしきたりとして、天皇の終焉に当たっては、重い殯の行事が連日ほぼ二ヶ月にわたって続き、その後喪儀に関連する行事が、一年間続きます。（中略）こうした事態を避けることは出来ないものだろうかとの思いが、胸に去来することもあります。

「おことば」に先立つ二〇一二年、現天皇・皇后の意向として、自分たちの葬儀はこれまで多くの天皇にならう土葬形式をやめて火葬にしたいという気持ちを、宮内庁長官の定例会見を通して伝えています。「おことば」の殯のパートについては、浩宮皇太子に向けられているると僕は受け止めたんですが、殯も含め、大掛かりな葬送儀礼は家族にとっても負担であるし、みずからも望んでいないと重ねて強調している。
昭和天皇が倒れたときの自粛ムードを、当時皇太子だった現天皇は体験しているわけで、そのときの経験から、自分の葬儀のために社会に多大な負担をかけることを避けたいという気持ちがひとつ、もうひとつは、天皇一家として雅子妃に負担をかけたくないという苦渋も伝わってくる。霊的継承の儀式は現天皇の合理主義によって廃止されてしまうような流れになっていますね。

## 皇太子一家をめぐる天皇の憂い

**髙山**　昭和天皇時代、世間で自粛ムードが広がったときに、カレンダーの印刷会社などがバタバタ倒産しましたね。僕自身の経験では、ある少年が汚物をばらまいて喧嘩するシーンを原稿に書いたら、今は勘弁してくれと新聞社から言われ、削除せざるを得なくなったことがありました。そのとき、当時皇太子だった現天皇は「自粛にとらわれず皆さん普通に生活してください」と宮内庁を通じて表明しています。彼は民草《たみくさ》がこういったことで苦しむのはまちがっているということを言っているんですね。

山折さんは、以前、「皇太子殿下、ご退位なさいませ」(前掲、『新潮45』二〇一三年三月号)を書かれて、右翼方面から脅迫めいたものが届いたとおっしゃっていましたが、タイトル先行で受け止められたようで、山折さんは何も皇太子に辞めろと言っているのじゃなく、むしろ彼の立場を慮《おもんぱか》る内容だと思いました。いずれにしてもやがて彼が天皇になっていくわけですが、今の浩宮皇太子の役割とか、今の皇太子を見て、どんな印象をお持ちですか。

**山折**　図らずも、生前退位のお気持ちが発表されたとき、ああ、これは僕が四年前に書いたこととつながっているなと直感しました。つまり、近代家族としての皇太子夫婦と、象徴家族としての皇太子夫婦、これが亀裂を深めはじめているということです。それを世間が問題にしはじめているし、女性週刊誌が書きたてている。これはある種の危機的な状況です。

現天皇は、戦後民主主義と天皇制との調和の関係をなんとか保とうとしてきた。伝統的な祭祀を受け継ぐ象徴家族と、「両性の合意のみに基いて成立」する近代家族という、本来、相矛盾する性格をなんとか調和させる方向で行動されてきた。その努力をつき崩すような、近代家族としての側面を強めたかたちで、皇太子と皇太子妃の関係が揺れている。

それを回復するためには、二〇〇三年以来長期療養に入られている雅子妃の病状快復という意味を含めて、この辺で退位されたほうが、皇室全体の安定的な存在と継承を確保するうえでいいのではないのか。それは伝統的に日本の皇室がされてきたことであるという出すぎた助言をしたわけです。これは右翼からバッシングを受けましたが、多くの人は賛成してくれましたよ。

今度の「おことば」を聞いて思ったのは、現天皇が最終的に求めているのは、現在の象徴天皇制を安定的に次代に継いでほしいという期待と願望の強さです。それは「おことば」の最後の三、四行のところではっきり書かれていますね。

始めにも述べましたように、憲法の下、天皇は国政に関する権能を有しません。そうした中で、このたび我が国の長い天皇の歴史を改めて振り返りつつ、これからも皇室がどのような時にも国民と共にあり、相たずさえてこの国の未来を築いていけるよう、そして象徴天皇の務めが常に途切れることなく、安定的に続いていくことをひとえに念じ、ここに私の気持ちをお話しいたしました。

くり返しになりますが、一つは、戦後民主主義と天皇制との相矛盾する関係を調和させてこられた。それは（側室を廃止された）昭和天皇もそうでしたね。二つめは、象徴家族と近代家族としての性格を調和させる方向で努力されてきた。それがクライマックスに達したときに、皇太子一家に生じている問題が噴出したわけです。

**髙山**　山折さんは、天皇の「おことば」が発されたのは、皇太子一家の問題に起因していると見ておられるわけですね。

## 安倍政権に対する危機感

**山折**　それは、僕が『新潮45』に書く前から、皇室内部で、宮内庁で、あるいはメディアで

2017年４月、愛子さまの高校入学式に向かう皇太子一家

問題にしていたわけですが、何とかしなければならないと一番気にかけておられたのは、おそらく現天皇でしょう。天皇は、浩宮ご夫婦の関係が安定してほしいし、その安定した皇太子に象徴天皇の玉座を譲りたいと思われている。ずっとそのことを案じながら、ある臨界点に達したのが、二〇一六年八月に発表された生前退位のご発言だったと思う。

臨界点というのは、日本会議などをバックにした右翼の思想に引きずられて、一〇〇〇年以上の歴史をもつ日本の天皇のあり方をきちんと射程に入れて考えるのではなく、明治から昭和前半までのような専制君主をベースにした天皇制を持ち込もうとしている、そういう安倍政権に対する危機感からきているんです。それは戦後民主主義における象徴天皇のあり方とは違うだろうし、現天皇が皇太子時代から語っておられた路線とも食い違っている。その危機感は皇后も共有されていると思います。

平和と民主主義の象徴たらんとする天皇としてのあり方を、いかに次世代に引き継ぐか。皇太子が雅子妃との関係で、依然として安定する状況をつくっていない。それを安定させて皇太子に譲るためにはどうしたらいいか。それを考えたときに、生前退位という発想が出てくる。今回の「おことば」は、その意味で考えに考えて出されたものではないでしょうか。

そうすると次の問題は、「退位」をどう考えるかということになります。対比すると、イギリスの王制では「空位」というものを伝統的に設定し、残してきた。それは思想的にさかのぼれば、革命の国であり、「王殺し」の概念に由来していることがわかります。しかし日本にはその「空位」の概念が持たれなかった。生前退位というのは、日本の皇室の歴史を見てもたくさん例があるわけで、皇位を安定的に切れ目なく継承していくために、いろんな方法が柔軟に案出されてきたわけです。

## 「浩宮パパ」のホームビデオ

**山折**　その次に天皇が言及しているのは、殯です。さっきあなたからも出たように、昭和天皇の崩御のときに殯を経験している現天皇は「天皇の終焉にあたっては重い殯がつづく」と、まさに本質的なことを述べているよね。今のところ誰もこれに言及していないようですが、せめて政治家には、天皇が崩御する、践祚・大嘗祭で亡くなった天皇から新しい天皇に天皇霊が移る、それと社会的に開かれた即位式、この三段階を前提にして、それを支えているのが殯の儀礼であることは知っておいてほしい。何のために大嘗祭をやるのかの意味を知っておいてもらいたい。現天皇は、国民の負担の軽減、経費負担の圧縮、火葬の希望まで述べておられる。そういう意味でも、伝統と現代という観点から実によく練ったうえで、生前退位のことに言及されているわけです。

天皇のこのご意向に、政府側は、「一代限り」の特例法の方向で検討するとしている（編注…二〇一七年六月、特例法が成立）。政府ははじめ、生前退位ではなく摂政《せっしょう》をおいたらどうかと提案したが、天皇は拒否しています。そのことは、ご自分の代だけの問題ではなく、「これからも皇室がどのような時にも国民と共にあり、相たずさえてこの国の未来を築いていけるよう」未来にわたる天皇と皇室のあり方を考えてもらいたいというおことばの趣旨とつながっている。国民の八〇％以上が生前退位に賛成しているにもかかわらず、政府のホンネは、それを天皇のわがままだとみなしているようなところがある。

**高山**　「おことば」のあと、天皇は浩宮と秋篠宮を呼んで食事会をしています。生前退位をめぐって自分の思いを息子たちとじっくり語りたかったからだと思うんですが、浩宮は食事がすむと早々に帰ってしまった。これはどういうことかと思いましたね。秋篠宮はその後二時間いたそうです。そこでどんなことが話されたのか……。

それにしても、浩宮は愛子さんが三歳の誕生日だったか、ホームビデオを撮って、愛子さんが「パパ」と言っている映像を、宮内庁を通じてテレビで放送していますね。あれは残念でした。この人は次の天皇になることを真剣に考えていないのじゃないかと思いました。もっと言うと「パパ」にわれわれの税金が使われているのかと腹が立った。「パパ」と言わせてもいいけど見せないでほしかった。配慮に欠ける映像でしたよ。それに、皇太子夫妻が銀座の並木通りの高級フレンチで食事をするって何なの？　と思います。年間三億の内廷費は税金で賄われているという自覚はないんですかね。しかも、その食事のために、ものすごい警備と交通規制が行われたわけです。皇太子は雅子さんと結婚するとき「一生全力でお守りします」と言ったけど、これも国民への視線がまったく欠けている。殯のことまで御父上の天皇に言わせてしまって、皇太子は退位をなさったほうがよろしいのじゃありませんか。

**山折**　そうか（笑）、山折理論をフォローしてくれているわけだね。しかし、それだけの問題を含んでいると思いますよ。王室・皇室にとって近代家族的な方向性はリスク要因ですよ。イギリス王室にしてもスキャンダルはいっぱいあるわけで、これを一番恐れているのは天皇ご自身でしょう。皇室がモデルにしているのは、現段階ではむしろオランダ王室ではないですか。オランダ王室は非常に抑制的で、しかもリベラルなんです。

**高山**　天皇は国民の安寧・平和のために「祈る」ことこそが象徴天皇の務めだと述べています。いっぽう、憲法や皇室典範は、天皇の最大の務めである「祈り」にはいっさい言及していません。法学者たちのあいだで「憲法に明文化されていないことに言及している」といった意見がありますが、発想が逆転していますよね。法のために人があるみたいな発想になっている。

**山折**　天皇・皇后お二人が、どんな思いで、沖縄をはじめとする激戦地の慰霊と鎮魂、災害被災地の慰問をしてこられたか。その重い仕事の意味をまったくわかっていないと言われても仕方がないよね。まあ、今度の「生前退位」問題も、法律家や行政官庁主導でことをすめていけば、結局そういうことになってしまうわけだけれどね……。

**高山**　二〇一三年一〇月に熊本を訪問された天皇・皇后が、水俣《みなまた》病の胎児性患者とお会いになりました。そのきっかけをつくったのが作家の石牟礼《いしむれ》道子さん[*9]でした。「人を好きだと思

＊9　石牟礼道子　一九二七〜。熊本在住の作家。代表作に、水俣病患者とその家族の姿を綴った『苦《く》海浄土《がいじょうど》』

っても好きとも口に出して言えぬ人たちでございます。胎児性患者さんたちにぜひ会ってください」と、皇后に手紙も出していました。

## 水俣病患者との歴史的対話

**髙山**　天皇家にとって、水俣はいまでも最大のタブーであるわけです。水俣病にお二人は宿命的なものを背負わされている。つまり水俣病を蔓延させたチッソの社長は雅子妃の祖父でしたし、皇后の妹さんは第二水俣病を発生させた昭和電工に嫁いでいる。皇后自身、水俣訪問の前年に「皇太子の問題がございますから（訪問は）難しいでしょう」と漏らしたと伝わっています。皇室が乗り越えなければならない問題を、お二人は果たそうとされたわけです。

水俣病患者で構成される「語り部の会」と面会したときも、胸につけたネームプレートを見ただけで天皇・皇后はその方々の事情をよくご存じでした。チッソと闘いつづけた故川本輝夫さんの遺族には、「（お父様が）亡くなられて何年になりますか？」と言葉をかけている。息子の愛一郎さんは、知っていてくださったんだ、と胸を震わせました。予定を大幅にオーバーして、「お時間です」と侍従がいくら示唆しても、天皇・皇后はその場を離れませんでした。あなた方に会いたかったという思いが溢れていたように感じられます。皇室には、天皇・皇后に会ったとしても、何も差し上げてはならない、受け取ってはならない決まりがあります。しかし、お二人にご進講した緒方正実[*10]さんがつくっている「祈りのこけし」を、天皇自身のたってのご希望で買い上げています。

**山折**　あなたの書いた『ふたり　皇后美智子と石牟礼道子』（講談社）を読んで、そのことを僕は知りました。日程にあげられていなかった胎児性患者との面談は、お二人の強い意思から極秘裡に実現したということでした。「語り部の会」の方々への天皇の長いおことばなど、まさに「異例」ずくめの水俣訪問でしたね。

昭和天皇の戦後の行動は、巡幸、慰霊鎮魂をふくめてお詫びの旅という受け止め方が一般的ですが、私は贖罪《しょくざい》の行動だったと思います。それが現天皇にも受け継がれ、サイパン、沖縄、ペリリュー島、水俣へとつづくんです。

## 「真実に生きることができる社会」

**山折**　天皇・皇后との面会で、「語り部の会」の緒方さんが水俣病の経験を語り、「決して水

＊10　緒方正実　一九五七〜。水俣病の患者認定を求めて国と争い、二〇〇七年に認定を受ける。現水俣病資料館「語り部の会」会長

俣病は終わっていないことを知ってください」「チッソ・行政・国・被害者、それぞれが正直に生きたならばここまで水俣病の被害が拡大することはなかったのではないか」と話したことに対し、天皇が語られたことも異例だと言われましたね。

**やはり真実に生きるということができる社会をみんなで作っていきたいものだと改めて思いました。（中略）今後の日本が、自分が正しくあることができる社会になっていく、そうなればと思っています。みながその方に向かって進んでいけることを願っています。**

**髙山**　このような発言を水俣でされた。そこには、現政権のあり方に対する批判がにじみ出ていましたし、率直に言って、政治家からすると、非常に厄介な天皇を抱えているという思いが強いでしょうね。天皇の立場から言うと、高齢の身体に鞭打ってでも「今生で自分が果たすべきこと」をやっておきたいという執念が感じられます。

**山折**　「真実に生きるということができる社会を」という言葉など、あきる野市の市井の人びとが書き上げた五日市憲法草案に対する美智子皇后の言及と重なってきますよ。

**髙山**　そうですね。二〇一三年一〇月の誕生日にさいして、皇后はこう語っています。

水俣病資料館「語り部の会」緒方正実会長(右)の話を聴く天皇・皇后

　明治憲法の公布(明治二二年)に先立ち、地域の小学校の教員、地主や農民が、寄り合い、討議を重ねて書き上げた民間の憲法草案で、基本的人権の尊重や教育の自由の保障及び教育を受ける義務、法の下の平等、更に言論の自由、信教の自由など、二〇四条が書かれており、地方自治権等についても記されています。(中略)長い鎖国を経た一九世紀末の日本で、市井の人々の間に既に育っていた民権意識を記録するものとして、世界でも珍しい文化遺産ではないかと思います。

**山折**　これは明らかに、憲法改正に突き進む安倍政権に対する厳しい批判だと思いますね。

**高山**　まちがいなくそうでしょう。東日本大震災の被災地や福島第一原発事故の避難区域にも足を運んでいる天皇・皇后は、安倍政権がトップセールスで進めてきた原発の海外輸出にも反対のご意向でしょう。

## 「許すけれども許していない」

**山折**　ところで、水俣で天皇・皇后と対面した緒方正実さんは、「許すけれども許していない」というようなことを言われていましたね。

**高山**　「チッソも国も許す」と言っていた緒方さんは、お二人に会ってから、「許す」ということはどういうことなのかと、あらためて自問自答する機会が増えたんですね。僕は「きついなあ」と思って見ているわけです。「許す」というのは人間の心の本当のところですよね。むき身の魂一つになったとき「本当に私は許したんだろうか？」と、彼自身、立ち惑っているところがある。単純化して言いますと、緒方さんは自分自身のことについては許す、しかし自分以外の被害者のことまで含めると、許すとは言い切れないというのです。これは極めて文学的な問題でもあります。そして人間とは何かを考えるところの最も深い問いかけでしょう。水俣の患者さんたちは、本当に命や魂の最前線に立って生きてきましたから。だから石牟礼さんが、彼らのことを「チッソとかお国の偉い人たちよりも、人としての位が高い」とおっしゃるわけです。

**山折**　水俣病患者の「許す、許さない」の問題は、ものすごく根源的な問題です。天皇の戦争責任にしても、慰霊の旅で完全に免責できるかというと、それも簡単にはいかないだろうというところまでいく。

**高山**　これは今の天皇・皇后論とはまた別の問題にもなってきますね。日本人は天皇の戦争責任問題をうやむやにしてきましたから。

## 昭和天皇、幻の謝罪詔書

**高山**　昭和天皇は、敗戦後の一九四六（昭和二一）年元日の詔書で、みずからの神性を否定しました。「人間宣言」という言葉はないですが、そういう形のものを出しました。このときに、昭和天皇がなぜ退位しなかったかという問題があります。

**山折**　一九四六年五月に始まった東京裁判（極東国際軍事裁判）が終わり、A級戦犯の判決が下されたのは一九四八年一一月ですから、この判決が下れば、天皇の戦争責任についても重大な局面を迎えることはまちがいないと考えたはずです。

**高山**　戦後初の宮内府長官となった田島道治《みちじ》が昭和天皇から聞き取りをして書いたのが、「謝罪詔書」の草稿です。書かれた時期は東京裁判が結審したあとの一九四八年秋ごろとされています。「朕ノ不徳ナル、深ク天下ニ愧《は》ヅ」と書かれたこの草稿は、天皇の国民への謝罪文だったわけです。しかし、この詔書は公表されることはありませんでした。それが、二〇〇三年七月号の『文藝春秋』に掲載されました（「衝撃の歴史的文書発見」発見者／加藤恭子）。

朕《ちん》、即位以来茲《ここ》ニ二十有餘年《ゆうよねん》、（中略）静ニ之《これ》ヲ念《おも》フ時憂心灼《ゆうしんや》クガ如シ。朕ノ不徳ナル、深ク天下ニ愧《は》ヅ。（中略）心ヲ萬姓《ばんせい》ノ上ニ置キ負荷ノ重キニ惑《まど》フ。

**山折**　「不徳」という言葉は、ふつう不倫や破廉恥罪を犯したとき「私の不徳の致すところです」というように使うもので、そもそも天皇が使う言葉じゃなかったでしょう。

**高山**　確かにそうですね。この詔書は何かの理由で封印されたわけですが、昭和天皇が生きている間にこれが世の中に出ていればやはりだいぶ違ったでしょう。

**山折**　幻の謝罪詔書と言われていますが、「天皇退位論」に煙幕を張るための一つの政治的な処置だったような気もしますね。退位するかしないかは、昭和天皇自身悩んだと僕は思う。それがだんだん、よし、これでいくというふうになる。それは、よく言われるように共産圏に対する防波堤として日本を利用するというアメリカの戦略転換の問題とかかわるね。

この文書は、アメリカの意思の転換を確信したあたりから出てくるんじゃないかな。

**髙山**　この詔書は、「占領下でマッカーサー司令部の指示もあって封印された」と言われていますが、連合国軍総司令部のマッカーサーと一一回も会談しているんですから、そのまま素直には受け取れないですね。二〇一五年から刊行されている『昭和天皇実録』（東京書籍）にはマッカーサーとの会見記録や戦争に至る経緯などを側近に述懐した「拝聴録」は、「見つからなかった」との理由で、盛り込まれていません。ところが、この草稿が書かれた時点で、退位しないという結論はすでに出ているんですよ。ですから、なんというか空々しさが感じられます。

**山折**　昭和天皇が巡幸を始めたのは、敗戦の翌年（昭和二一年）だった。全国各地を巡って焼け野原からの復興に立ちあがる国民を激励して歩き、熱狂的な歓迎を受けた。昭和天皇自身は、贖罪の旅でもあったが、そこであらためてやる気満々になった。そのエネルギーの源泉は霊威の力ですよ。天皇のスピリチュアルな力を内心に感じながら、それを体感しながら「象徴天皇」としての自分の役割を再発見したのじゃないだろうか。

しかしながらそれにもかかわらず、戦争責任の問題は何も解決されていない。重圧が両肩にのしかかっている。昭和天皇は敗戦後、一九四七年九月に、アメリカにメッセージを送り、「二五年から五〇年あるいはそれ以上、沖縄をアメリカに貸し出す」と言ったとも言われています。昭和天皇と沖縄との関連で言えば、一九四五年三月から始まった沖縄戦の日本人戦死者は一八万八〇〇〇人で、その半数が民間の沖縄県民です。そのうえ敗戦後にはアメリカが沖縄を軍事占領することを認めたわけで、戦前も、戦後も、沖縄の人たちに犠牲を払わせている。天皇だけじゃなく、あの当時、右も左も、沖縄を切り捨てることを承認したわけだからね。われわれの負い目は深い。

**高山**　現天皇にもその思いは強いんじゃないでしょうか。沖縄に対する思いは、ひとかたならぬものが感じられますし、誕生日は一二月二三日。昭和二三年のその日は、A級戦犯が絞首刑になった日です。GHQはその日を選んで刑を執行しているんです。

**山折**　とすれば、それは何とも因果を含めたやり方ですね。

**高山**　一二月二二日が終わり、時計の針が二三日の午前〇時をまわるとほぼ同時に——午前〇時一分三〇秒とされています——処刑が開始されています。意図的としか考えられません。「戦犯を絞首刑にした日はおまえの誕生日だ。生殺与奪の権はわれわれに握られているんだぞ」というメッセージでしょう。当時皇太子だった現天皇にとって、昭和天皇がいつまで生きるかわからないといった感じもあったかもしれません。そして、A級戦犯容疑者で無罪とされた者が釈放されるのが、翌日です。

**山折**　クリスマスイブ。

高山　笹川良一や岸信介もその日の午前中に釈放されました。あれはたいへん意図的、政治的なものでしょう。現天皇もそれについて考えただろうと思います。だからといって、そんなことにとらわれるような人じゃなさそうですが。

## 「象徴」の意味を考える

山折　あの戦争について昭和天皇は、「軍部の独走を抑えられなかった」と語っているけれども、軍は国民の軍隊でなく「天皇の軍隊」だったんです。あの戦争での戦争責任と戦死者の扱い方というのは、現代の問題です。それはわれわれ自身が、あの戦争で亡くなった死者とどのように心を通わせていくかという問題でもある。現天皇もこの問題を、自らの使命と思いさだめておられると思います。

高山　ちょっと恐ろしいようなことを言うようですが、現天皇ははっきりと、昭和天皇に戦争責任あり、と考えておられるのだと思います。もしかしたら退位後にそれをお話しになるのではないかと僕などは思っているのですが……。いずれにしても現天皇は、戦争犠牲者の慰霊、かつての戦争敵国との親善、被災地への慰問などを通じて、国民の前に直接、姿を現し、人びとを激励することを「象徴」としての使命としてきたわけですね。今回の「おことば」は、その使命が年齢的にも健康的にも十分に果たせなくなったとすれば、天皇の存在意義はない。皇太子にはもっとしっかりして自己の使命を自覚するよう促し、象徴天皇の意味を国民も一緒に考えてほしいという訴えでした。

**山折**　その意味からも、次代の天皇になる人には、伝統的な祭事の場であった京都の御所にお住まいいただくことが、この国のかたちを考えていくためにも、またやがてその地位につくであろう象徴の意味を考えるうえでも、重要なことではないかと僕は思っているんです。

# 第二章　原発と震災

**映画『シン・ゴジラ』**

**高山**　『シン・ゴジラ』はご覧になりましたか？
**山折**　あなたに勧められて観ましたよ。おもしろかった。
**高山**　それはよかった。ちなみに、初代『ゴジラ』は一九五四年一一月に公開されています。水爆実験で眠りから目覚めた怪獣という設定です。恐るべき力で都市を破壊し、国会議事堂を蹴り飛ばす巨大怪獣は、皮肉にも人間が生み出した科学技術に招かれたわけです。
**山折**　同じ年の三月に、第五福竜丸の船員が放射能を浴びて、久保山愛吉さんが亡くなりましたね。
**高山**　お能に『鉄輪《かなわ》』というのがあるんですが、これは自分を捨てて新しい妻を娶《めと》った夫をはげしく恨む物語です。生成《なまなり》の面《おもて》をつけて呪いを掛けていくときに、バサッとしめ縄みたいなものを叩くんですよね。ゾクッとするんですけど、それが終わって、静かに橋掛かりを去っていく。その姿を観ながら、東京をぶっ壊して暴れまくって、海へゆっくり帰っていくゴジラの後ろ姿を思い浮かべるんです。ゴジラにとってみれば、あの大都市東京は能舞台みたいなもので、たぶん『ゴジラ』はお能の動きを見て、つくっているんじゃないかと思っていたんです。

**山折** 僕は以前のゴジラ映画は観ていないんだけど、『シン・ゴジラ』では、なぜゴジラが能のようなスリ足の動きなのかと不思議に思って観ていたら、ゴジラの動きをつけたのは狂言師の野村萬斎《まんさい》さんだった。そうかと思ったな。お能の舞台というのは、主人公（シテ）の多くは死者で、その深い恨みを抱える死者がスリ足で静かに登場する。その怖るべき死者の登場が、スリ足の身じろぎに象徴されているようにも感じましたね。

**髙山** 監督も意識していたんですね。ただ、初代ゴジラを除くと、これまでの『ゴジラ』映画にはまだ牧歌性があったんです。人類の味方みたいになっていましたし、子供らのヒーローにもなっていった。ところが『シン・ゴジラ』にはそうしたものはまったくありません。あえてそんなものを排していると思います。海底から現れた巨大怪獣が川を遡って上陸し、急激に成長しながら首都東京を破壊していく。ゴジラを生み出したものは海洋廃棄された核エネルギーなんですが、政府はそれを認めたくない。

**山折** 三・一一の原発震災と重ね合わせているのはすぐわかることです。映画では、いくら政府が「大丈夫です」と安全を強調しても、現実にはゴジラが上陸してきてエラい人たちが青ざめる。ゴジラに直面した政府は見通しが甘く、次々に起きる「想定外」の事態に内閣はあたふたする。防災服に着替えて会見する大杉漣《れん》演じる首相は、決断を迫られると、大臣や官僚など周囲の言いなりになり、極力責任を回避しようとする。どこかの国の政府と同じで、苦笑しましたね。

**髙山**　そんな首相も避難途中にあっさり死んじゃいますよね。ゴジラはひとかけらの憐憫《れんびん》もなく、首都東京、国会議事堂もろともブチ壊していくんですが、その破滅的な光景に一種のカタルシスを感じるというか、胸の内のモヤモヤがすっきりします。痛快と言ってもいい。カタストローフ（壊滅）とカタルシス（浄化）、これが同時にある。

『シン・ゴジラ』がこれだけ評判になったのはいくつかポイントがあると思うんです。製作者は何も説明していませんが、最大のポイントは、アメリカに原爆投下させなかったところじゃないかと思うんです。ゴジラによる地球規模の危機に対して、ゴジラを爆破して倒そうとすれば、熱核攻撃つまり原爆投下するしかないとアメリカは通告してくる。映画に出てくる日本政府首脳はアメリカの言いなりですから、それも仕方がないと（笑）。これは、太平洋戦争終結前後の政府のあり方と似ています。

**山折**　『シン・ゴジラ』では、アメリカは日本が「消滅」することで事態は解決すると考えたわけだ。広島、長崎に原爆を落として「原爆を投下しなければ戦争は終結しなかった」と主張するのとまったく同じだね。しかし、何よりも問題なのは、戦争の行方をめぐって楽観論に終始したあげく、広島、長崎に原爆を投下させてしまった日本側でしょう。

**髙山**　あの映画が問うているのは、まさにその責任の問題です。先の大戦で原爆投下させて

東日本大震災直後の福島第一原発（東京電力提供）

しまった大日本帝国首脳への痛烈な批判です。新型爆弾が開発されたという情報を把握していたにもかかわらず、戦争を終結させようとしなかった。そして八月六日、広島に原爆が投下された。さらに八月九日、ポツダム宣言受諾をめぐって最高戦争指導会議が開かれたものの、議論が二分する間に、長崎に原爆が投下されてしまう。

**山折**　八月一〇日午前二時をまわったところでようやく「ご聖断」を仰ぐ。その間、無辜《むこ》の人びとがむざむざと犠牲になったわけです。

**高山**　日本人に報復するゴジラはさらに進化していく。熱核攻撃でゴジラもろとも東京が焼き尽くされる時間が刻々と迫るなか、「あきらめず、最後までこの国を見捨てずにやろう」と、長谷川博己演じる若い政府高官が言う。核汚染がひろがる現場に下りてゆき、人びとには「下がれ」と言いながら自分は後退しない。あれには何の意味があるんでしょうか。

**山折**　僕はちょっと鼻についたけどね、あの若い官僚のセリフは。日本の官僚も捨てたものではないと思ってしまう効果をねらっている。それに、放射能被害はたいしたことないとも言わせているでしょう。あれは映画会社が政府に配慮したんだろうが、本当のところで福島原発事故をどう考えているのかと言いたくなったね。

おもしろかったのは、アメリカによる核攻撃が決定されたあと、タイムリミットをなんとか引き延ばそうとフランスに根回しをしているところ。もう一つ、ヤシオリ作戦（スサノオがヤマタノオロチを酔い潰れさせたのが八塩折《やしおり》の酒）の血液凝固剤で生きたまま凍結されたゴジラの立ち位置だが、以前のゴジラ映画のように海に帰ってはいかない、そのまま東京に留まっているラストシーン。これは何を暗示しているんだろうか？

**髙山**　ゴジラの体内にある炉心の核分裂反応は完全に止まったわけじゃなく、とりあえず今は眠っているけれども、また蘇ってくることを暗示しているんだろうと思います。つまり、日本には現在原発が四二基あるけれども――これはアメリカ、フランスに次いで世界第三位の多さですが――そのすべてが再稼働を待って凍結されている状態を表しているんでしょうね。

この映画を観ながら思い起こされたのは、ずっと言われてきた「日本は唯一の被爆国」という言葉でした。広島・長崎への原爆投下をめぐって、一方的な〝被害者〟であるかのような言い方をすることによって、「なぜそれをさせてしまったのか」という自分たちの責任を忘れようとしてきたんじゃないか。僕はずっとそう思ってきたんですよ。原爆を投下したのはアメリカだけど、ではそれをさせてしまったのは誰なのかという問題ですね。原爆投下を許した加害者はわれわれ自身でもあるんじゃないか、という視点を日本人は欠いてきたと思いますね。

**山折**　加害者の側に立とうとしない日本人のメンタリティの問題ですね。それは先の戦争の総括自体ができないことと通じている。

**高山**　加害者の視点に立たなければ歴史は見通せないはずです。福島原発事故の問題も、その視点をもたないといけないと思いますね。

## 五年前と変わらぬ荒涼たる光景

**高山**　僕は東日本大震災の年から、毎年、三・一一前後に読売新聞の飛行機で被災地を空から見てまわってきました。二〇一六年三月、初めて規制が解かれた福島原発の上空を飛ぶことができました。原発の現場を見るのが目的ですが、その周りの村の状況も知りたかったんです。

**山折**　まだ噴き上がっているんでしょうね、放射能が。

**高山**　噴き上がっています。「言いしれぬ恐怖」を感じました。原発事故が起きる以前の写真と比較するとはっきりわかるんですが、原発の周りにはかつて森があったんです。その森が伐り取られていって、そこに汚染水の入ったタンクがどんどん増えていく。

**山折**　消えゆく森の先に大熊町、双葉町があり、放射能汚染を受けた地域の最前線である浪江町がある。僕は、高山さんと同じころ、仙台空港のある名取《なとり》市から福島に入ったんです。そこから南に下って、相馬市、南相馬市、浪江町を訪ねました。浪江は放射能汚染を受けた最前線ですから五年前のままでまったく手が入ってない、荒涼たる光景だった。

**高山**　田んぼや畑があるんですが、黒褐色というか冬枯れた景色です。土を耕すことができないわけですから。地元の人たちは帰るわけにもいきません。今後も増え続けるタンクが、大熊町や浪江町の人家までやがて侵食していくんじゃないかと感じました。

僕は、この情景から水俣のことを思ったんですよ。水俣の百間《ひゃくけん》港の跡地には、チッソが垂れ流した有機水銀の汚染水や土砂の巨大タンクが三〇〇〇本埋められています。それを土砂で覆って、広大な広場「エコパーク水俣」が生まれ、その一角に水俣病で亡くなった方々の慰霊碑が建っています。今回、僕は、福島原発周辺を見て、「地表に現れた水俣」というイメージを抱かされました。人も獣も鳥も虫も魚も、みんな死へ呑み込んでいく壮大な虚無が地表に現れていました。やがて森はなくなり、かつて人が暮らしていた町筋も呑み込んでいくでしょう。

**山折**　僕は宮城県から地べたを南下して行きましたが、宮城から福島県に入った最初の拠点の相馬は人気《ひとけ》が多く活気のある町でした。というのは、原発周辺の市町村から避難してきた人びとが、仮の宿としてたくさん暮らしているからです。ところが、さらに南下した南相馬は、二〇一六年七月になってからやっと避難指示区域指定が解除されてボツボツ人が戻ったと聞いています。僕が訪ねた三月は、曇天の重苦しい雲が垂れ込めていましたが、内陸部の自然の景観は非常に美しかった。

南相馬をさらに下ると浪江です。浪江には、請戸《うけど》小学校があります。三・一一の「破壊の爪痕」がはっきりわかる象徴的な場所で、浪江に行く人は必ず訪れます。僕も行きましたが、五年前とまったく変わっていません。全町避難ですからいっさい手がつけられていない。校舎の二階にあがると教室の時計は三時四〇分ぐらいを指して止まっている。これは津波が襲ってきた時間で、地震の発生は二時四六分ですから一時間の時間差があったわけです。その間に、十数名の先生方が八〇名近くの児童を連れて、一・五キロほど離れた山に逃げた。それで、請戸小学校の児童は全員助かっているんです。

**髙山**　石巻の大川小学校の場合は、津波が北上川を遡上して、七四名の児童が犠牲になりましたね。ご遺族が、津波が来ることは予報されていたにもかかわらず子供たちを退避させなかったと学校を訴えて、勝訴していますが。

**山折**　難しいね……まず僕が感じたのはメディアの報道姿勢です。最初メディアは「石巻の悲劇」「請戸の奇跡」と報道したわけです。一方を奇跡にし、一方を悲劇にする、そういう対比的な報道ほど、災害に遭った人々の運命を軽く見る姿勢はないだろうと思いましたね。しかし、請戸小学校を訪ねて改めて痛感したんですが、それは一瞬の判断の違いだけで、請戸小学校は、たしかに見事な避難態勢をとったわけですが、津波次第では、どちらがどうなったかはわかりません。

## 増加する災害関連死

**山折**　三・一一から五年後の被災地を訪れて、感じたことは三つあります。一つは、三・一一のあと福島をどう再建するかという政府の有識者会議で、福島原発と原子力の問題を客観的に検証する世界規模の研究所をつくる案が立ち上がっていました。ところが今、その案が聞かれなくなった。

二つめに私が今度の旅で痛感したのは、「災害関連死」（編注…震災後に体調を崩して死亡したり、避難生活を苦に自殺したりするなどの「震災関連死」は増え続け、二〇一六年九月末時点で三五二三人／復興庁二〇一七年一月発表）の問題です。つまり、災害のさまざまな影響を受けて自殺をする人が五年経って非常に大きな問題になってきたこと。追われて他の都市に行って、苦労して早死にしていく、病気になる、アルコール依存になる、いじめに遭う。災害関連死のなかで自殺者が比較的多いことも明らかになっていますね。

**髙山**　それに対する補償の問題もあります。「災害関連死」として認定する・しないといった問題。それから補償を数百万円受け取れる人と、ちょっとの差でまったく受け取れない人との落差と恨み、妬み、対立。まさに水俣と同じ問題が、五年経って出てきました。

**山折**　福島の原発の放射能は安倍首相が言う「アンダー・コントロール」どころじゃない。まさに水俣的状況が浮上してきたことを僕も痛感しました。二〇一六年二月、東京電力の元会長ら三名が、業務上過失致死傷の罪で検察審査会に強制起訴されましたけど、事故から五年経ってようやくです。『原発のコスト　エネルギー転換への視点』（岩波新書）の著者・大島堅一立命館大学教授（現龍谷大学教授）によれば、原発の最大の問題は、「最終的なコストがわからないこと」です。福島にはメルトダウンした原発が三基ありますが、その廃炉費用すら、いったいいくらになるのかわかっていないのです。おそらく何兆円という金額でしょうが、情報公開もなされていない。国民がチェックするしくみもありません。

廃炉費用だけじゃありません。地震予知・火山爆発研究にこれまで国が投じた費用の総額、それといろんな関連死を含めた災害の被害を受けた人の補償救済に投じられた費用総額、これを明らかにすべきだということです。専門家も調査すべきだし、情報公開されるべきでしょう。そこで本当の費用対効果という問題を考えなきゃならない。というのは、地震学者は「地震予知はできない」と公言しているわけで、火山爆発についても、いつどこでどういう確率で発生するかもわからないと言う。にもかかわらず、「研究」の名のもとに途方もない税金を使っているわけです。このことが検証される段階にようやく来たと確信しましたね。

**髙山**　震災後、水俣の人たちが、福島に相当行っています。福島と水俣は同じだと感じている。つまり五年後、福島はどんな情況になるのか、わかっていたのだと思います。そのためのケアが必要だと思っている。両陛下に講話を奏上した緒方正実さんもそうです。

**山折**　それにかかわって、僕が感じた三つめの問題は、被害を受けた子供たちの心の状態、そして、その子たちの将来をどう考えるかということ。大川小学校と請戸小学校の子供たちは、津波の被害を受けたときに小学校六年生だったとすれば、今は高校生です。五年の間に子供たちの心がどう変化していったのか。そこを注意深く観察し、受け止めて、ケアを考えなければならない。ところが、そういう試みは、現段階ではほとんどなされてないように僕は思う。

## 忘れるべきか、遺すべきか

**山折** 象徴的なケースに『稲むらの火』の話がある。一六〇年前の和歌山をおそった安政南海地震のとき、海水が干《ひ》き、井戸水が涸《か》れるのを見て大津波が襲ってくることを予期した濱口梧陵《ごりょう》が、村民を避難させるため、自分の田んぼの稲束（稲むら）に火を投じて急を知らせ、村民の命を救った話。これを防災教育にとりいれようということで、教科書に載せはじめた。

ところが、被災地の保護者と教育委員会あたりから、リアルな描写を控えたほうがいいという声が出てくる。子供たちをフラッシュバックに陥らせ、PTSD（心的外傷後ストレス障害）に陥らせてしまうからだという。それを聞いた教科書会社が、いち早く話を削る動きをとった。フラッシュバックをキーワードに意見が分かれているわけです。一つは、子供への教育的配慮としてつらい経験を二度と味わわせないようにすべきという立場。それに対して、日本は災害列島だから、来るべき危機にどう振る舞うべきかはあらかじめ教えておかなければならないという立場。たとえば、被害を象徴する庁舎や学校などの建物を保存するか解体するかも、広島の原爆ドームを引き合いに意見が百出しています。記憶にとどめるために残すべきという保存意見と、忘れたいという解体意見と。被害の記憶をどう受け止めていくかをめぐって対立しているわけです。

**髙山**　僕は、津波の被害を受けた岩手県の宮古市田老《たろう》を取材して『大津波を生きる』（新潮社）という本を書きました。その縁もあって、今回も田老を訪ねました。一八九六（明治二九）年に津波を受けた田老は、一九三三（昭和八）年にも津波を受けています。ですから、田老の郷土史は津波史と言っていいくらいです。

『防災の町』という田老が出した資料では、昭和八年の体験を子供らにたくさん書かせています。「お父さんも亡くなった、お母さんも亡くなった、妹も亡くなった。妹が土左衛門になって見つかったけど、妹の口からあわわっと水が噴いて死にました」と綴られています。体験を綴るのは自分一人のためではありません。津波はきっとまた来るから、ここに住み続けるかぎりは、伝え続けないといけない。津波の体験や津波そのものの研究にしても、後世のために残してほしいという思いが、間違いなくあったわけです。もちろん、その背景には田老の地域社会が有機的に結合して生きていたことがありますが。ＰＴＳＤとかを持ち出す人には、その精神が感じられません。なんというか、余計なことを背負い込みたくないといった「やる気のなさ」を感じてしまう。それを「優しさ」と勘違いしているところがあるのではないですか。

**山折**　僕が訪れた名取市には、昭和八年の津波が来たときに皆が逃れた小山があり、その麓に神社が建っていました。そこには大きな碑が倒れたままになっていて、「昭和八年の津波を忘れるな」と刻まれている。ところが案内してくれた地元の人は、この碑の存在を知らなかったし、読んだこともなかったと言う。フラッシュバックを危惧する声もありますが、先人たちの知恵と経験を伝えていくことの必要性を痛感しましたね。

**高山**　昭和八年の津波のあと、田老が選択したのは「原地復興」でした。原地というのは、「原っぱ」の原。もとのところに町を復活させる。これは関口松太郎という当時の町長が下した判断でした。大正一二年の関東大震災のあとだったので、帝都復興院にいた技師をふたり連れて来て、海面から一〇メートルもの高さの巨大防潮堤を築いていく。津波の直後から建設をはじめて、これを復興の活力にしよう、お金にもなりますと。漁師たちは漁をしばらくできないものですから、「自分たちが働こう」と言って、防潮堤の建設工事に日々たずさわることによって、被災民から「復興民」になっていったわけです。これは関口町長が立派だったんですが、「復旧」ではなく「復興」という言い方をした。人間の精神を含めた復興だからです。

田老はそこで選択をしたわけです。津波は必ずまたやって来る。実際、一〇メートルの防潮堤をはるかに超えて、一三メートルとか一八メートルとかになって、防潮堤を乗り越えてきたんです。ところがこの防潮堤の構造がおもしろいのは、津波をはね返すんじゃなくて

「受けて流す」構造です。最初はブーメランのかたちをした防潮堤をつくったんですね。海から津波がやってくると、これを防潮堤で受けて圧力を減殺《げんさい》して川に流す。町は波はかぶるだろうが被害を抑制できるだろうと考えた。町の復興に関しては、道を碁盤の目状につくりあげていきました。交差するところの角は、直角だと先が見えづらいので、見通しがきくように角を斜めに切って「隅《すみ》切り」というものをつくった。「隅切り」のために住民は、自分たちの土地をすべて無償提供しました。

関東大震災で壊滅的な被害を受けた帝都東京の復興案として後藤新平[*1]がやろうとしてできなかったことが、田老で全部実現したんです。その次に取り組んだのが、聞き取りです。親を亡くした子供たちにも体験を書かせる。生き残った人たちにはみんな聞き取りをして、語ってもらったんです。今回の大津波に対して、田老がやってきた経験は「活《い》きた」と思います。

## 鉄砲を捨てた日本人

**山折**　阪神・淡路大震災の場合は被害からの復興が可能だった。ところが、東日本大震災の被災地の復興は非常に遅れている。さらに言うと五年経っても、復興している地域と、そうでない地域があまりにも対照的、不均衡な状況があります。それを決定づけているのは福島原発の影響です。

**髙山**　汚染水タンクの虚無が広がって、まだ残っている里山や溜め池もなくなってゆくでしょう。沿岸地域にも一〇メートル級の防潮堤がつくられていますから、新しい「浜辺の歌」はもう生まれてこなくなる。住宅も高台移転をどんどんすすめていますから、浜辺そのものにはまったく生活感がなくなって、安全以外のものに関心が湧かなくなっていく。一万年以上、この列島で、森と水と土に根をはって生きてきた日本人の身体感覚とか感性が、内部から失われていったときどうなるのか……。これは日本人にとって初めての経験じゃないでしょうか。この情景を空から見ているとき、ノエル・ペリンの『鉄砲を捨てた日本人　日本史に学ぶ軍縮』（中公文庫）の序文が頭をよぎりました。

日本はその昔、歴史にのこる未曾有のことをやってのけました。ほぼ四百年ほど前に日本は、火器に対する探究と開発とを中途でやめ、徳川時代という世界の他の主導国がかつて経験したことのない長期にわたる平和な時代を築きあげたのです。わたくしの知るかぎ

＊1　後藤新平　一八五七〜一九二九。官僚・政治家。内務大臣兼帝都復興院総裁として、関東大震災後の復興計画を立案

り、その経緯はテクノロジーの歴史において特異な位置を占めています。人類はいま核兵器をコントロールしようと努力しているのですから、日本の示してくれた歴史的実験は、これを励みとして全世界が見習うべき模範たるものです。

**山折**　原発問題に関して言えば、日本は腹を括《くく》らなければならない時期に来たと僕は思います。そう考えたとき、かつて日本の先人が戦乱の時代に武器としてもっともすぐれた鉄砲を捨てたという歴史がある。そういうペリンの指摘を今日に活かすことができないか、と僕も常々考えていたんです。

**髙山**　著者のペリンは、アメリカのダートマス大学英文学教授（当時）です。朝鮮戦争のとき青年士官として戦場へ赴くさい、はじめて訪れた日本に関心をもち、著したのが同書です。世界史でも類例を見ない豊臣秀吉時代の鉄砲規制、すなわち鉄砲を捨てた日本人の心を描いています。「かつて日本人は鉄砲を捨てて江戸幕府二六〇年の平和国家を築くことができた。なぜ今、日本人は原発を捨てられないんだ」と山折さんからうかがっていたことを、私はヘリコプターのなかで反芻《はんすう》していました。

**山折**　アメリカで二〇〇一年九月一一日に起きた同時多発テロ以来、その復讐や怨念の連鎖で世界は混乱しています。ＩＳの問題も、パリやブリュッセルでの多発テロなど、暴力の往復はとどまるところを知りません。その根源の一つは、やはりアメリカにおける銃に対する考え方でしょう。にもかかわらず、アメリカ大統領選でも銃規制の問題は争点にもならない。要するに、銃は「抑止力」だという思想をアメリカ人は捨てられないんです。銃以上の「抑止力」と位置づけられる究極の兵器としての核、その流れのなかで生みだされた原発問題を考えるとき、ペリンの書は大いに参考になります。世界の歴史のなかで武器を捨てた経験をもつ民族がほかにいますか？

## 秀吉の「鉄砲・刀狩」

**髙山**　戦国時代、日本は世界一の鉄砲保有国でした。ペリンは、日本人が鉄砲を捨てた理由を大きく三つ挙げています。まず周囲を海に囲まれた島国であったこと。つぎに総人口に占める武士が八％もいた。約二〇〇〇万人です。これに対し、たとえばイギリスでは騎士階級は約三万人、人口の〇・六％です。日本は圧倒的に武士階級の人口が多かった点を指摘しています。そして、その武士たちの自負心が銃の使用を許さなかった。この三つの理由から、銃なくして国（藩）を守るという武士たちのプライドが鉄砲を捨てさせた、とペリンは結論づけていますね。

**山折**　黒澤明の映画『用心棒』に、三船敏郎と仲代達矢演じる用心棒二人の対決シーンがあります。仲代は拳銃をしのばせている。一方の三船は懐に出刃包丁を隠し持っている。一瞬のすきをついて包丁が拳銃を制する。日本人好みの闘いです。この背後にあるのは、やはり刀が鉄砲より優れた武器だという考え方ですね。

**高山**　武士の闘いの本義は一対一。遠くから相手を狙って撃つなんてプライドが許さないでしょう。

**山折**　今川合戦から長篠合戦、一向一揆《いっこういっき》との戦い、最終的な石山合戦などを通して、信長、秀吉、家康は戦乱で銃の威力を十分に知っていた。だからその武器が百姓たちに渡ったときの恐ろしさを痛感していました。そこで秀吉は「刀狩令」を出す。三ヵ条からなるその令の第一条に刀、弓、槍と並んで鉄砲をもつことを禁じています。「諸国百姓、刀脇差、弓、やり、てっぽう、其他武具のたぐひ所持候事、堅く御停止候」。教科書では秀吉の「刀狩」と教えていますが、実は「鉄砲・刀狩」です。秀吉が決め、家康が制度化したこの政策に、鉄砲も禁止されているという認識があれば、歴史の解釈も変わってくるはずです。

**高山**　なるほど。ポルトガル人が鉄砲を伝えたとき、伝えたのは鉄砲だけじゃなかった。当然、火薬とその製法もいっしょに伝えたんですよね。でも日本には、火薬の原料になる硝石がない。戦国大名や領主たちは硝石の分捕り合戦をしたんです。秀吉は硝石の輸入も禁止したんじゃないでしょうか。彼は農民から刀や鉄砲を取り上げたけど、家康はさらに武士からも鉄砲を取り上げたわけですね。

**山折**　一六三七年からの島原の乱では、立てこもった農民たちが鉄砲を使って幕府側と長く対峙したから、以降は鉄砲が完全な監理下に置かれる体制が敷かれた。しかし、製造そのものを禁止したわけではなく、幕府が注文する鉄砲だけはつくらせている。江戸時代でも堺や滋賀の国友《くにとも》は鍛冶《かじ》場として栄えます。

鉄砲がものすごい威力を発揮したのは、信長が天下布武の戦いを進めていく過程で、まず姉川合戦。第二の戦いが長篠合戦で、武田の騎馬軍団を信長・家康の連合軍が打ち破った。その総仕上げが一向一揆との闘い、つまり石山戦争だった。このときは村上水軍や雑賀《さいか》の水軍が鉄砲隊を自由に操って、信長とほとんど互角の戦いをする。石山戦争は信長が勝ったということになっていますが、正親町《おおぎまち》天皇の仲介によって、いわば停戦をするかたちで終わるわけですよ。

こうした戦いの全過程を信長、秀吉、家康は経験している。だからこの武器を百姓に持たせるとえらいことになると痛切に感じていたと思います。それで、政権をとった秀吉が行ったのが「刀狩」。これは、日本の歴史学では一般に、刀を取り上げて兵農分離をしたという解釈ですが、鉄砲も取り上げたのです。

**高山**　武士のプライドが銃を捨てさせたというのは、武士がもっていた戦い方の美学ではないですか。「相手の目と目を見て戦わねばならない」という美学がやはりあったでしょう。

**山折**　その美学を象徴的に示すのが、鉄砲扱い書という手引書です。鉄砲の使用の仕方を絵で説明しているもので、それを見ると、鉄砲を扱っているのが百姓で、素っ裸になってフンドシ一丁で構え方、撃ち方が描かれています。まことにみっともないんだな。その姿は武士には似合わないわけですよ。だからといって、裃《かみしも》を着て、武士的軍装で鉄砲を持たせても様にならないし、実用的な仕様書の絵にならない。また、あの絵を見た武士たちは、自分たちのプライドが傷つけられたと感じたという解釈が、一方にある。ノエル・ペリンがそう書いていたような気がするな。それほどに武士のプライドというのは高かった。しかも軍事力としても圧倒的な力があったから、何も鉄砲に頼る必要はなかったわけです。

## 幕末の外国人が見た日本の姿

**高山**　ペリンは序文で、現代のわれわれ日本人が失ってしまった美しい風景を描き込んでいます。夜汽車に乗って横浜を発《た》ち、一昼夜、最後部のデッキに出ていて、朝になって、昼を迎えて、佐世保に着くまで立ち続けていた。生まれて初めて目にする日本の風景に魅せられたんです。あの田園の美しさ、戦争に負けたばかりの国民がこうまで田園を維持し、山林をここまできれいにしていると、彼は感動をこめて書いています。日本の山河の美しさと鉄砲を捨てた日本人の心が相通ずるものとして描かれているような気がしましたね。
**山折**　そういうシンパシーをもって彼は書いているね。
**高山**　それと、幕末期の外国人が書いているのを読むとおもしろいですね。むしろ英国人とか、フランス公使とか、アメリカの高官のほうが心配しているわけですよ。自分たちが来て開国させたために、日本人のこのすばらしい文明はなくなってしまうだろうと。そうすると日本の幕府高官は、ああ、いいんです、そんなものは全部忘れるんです。それを聞いて外国の人たちは驚いている。オールコック[*2]もそんなことを書いています。
**山折**　渡辺京二[*3]さんの『逝きし世の面影』（平凡社）でも取り上げられていますね。かれらは近代の危うさを意識して警鐘を鳴らしているわけだ。われわれはそれを読んで初めて気づいたりする。アングロサクソンの知識人は、近代の負の遺産というものを十分に知っている、意識している。
**高山**　オランダと交渉する江戸時代の日本の役人は、オランダから持ち込まれる品々を細か

＊2　オールコック　ラザフォード・オールコック。一八〇九〜一八九七。イギリスの外交官。初代駐日総領事。『大君の都　幕末日本滞在記』を執筆
＊3　渡辺京二　一九三〇〜。熊本在住の思想史家、評論家。石牟礼道子とは長年の交友関係にある

く点検して、こういったものは日本に入れるなとか、細かい規制をかけています。要するに鉄砲は入れるなとか、煙草《たばこ》なんか入れるんじゃないとか。

**山折**　西洋から日本にやって来た人間は、その清潔さに驚いて、掃除の行き届いている国だと思ったに違いない。それ以上に、日本の自然の美しさにたまげているんじゃないかな。

もう一つ、江戸時代の武士の誇りの中身について考えておいたほうがいいことがある。それは平安時代からの武士の刀にたいする独特の感覚ですね。もちろん刀剣は、平安時代の武士にとっても人を殺すための武器だった。しかし、当時の支配層の公家たちは、人を殺すことで生ずる死の穢《けが》れを極度に嫌った。そのため武士がその仕事を引き受けたわけですが、この死の穢れを忌む風習が、武士層にも移り、かれらのあいだからも刀による穢れを浄《きよ》めるために刀剣を磨き、そこから死の穢れを祓《はら》おうとする作法が生みだされていった。刀剣への独特な感覚がそこから起こるわけで、「刀は武士の魂」といった言葉や観念が増大していく。この感性が鉄砲時代にも続いているわけで、それが一つの重要な動機となって「日本人は鉄砲を捨てる」ということにつながったと、僕は見ている。ここのところはペリンは見ていないね……。

**高山**　イザベラ・バード[*4]が書いているのですが、新橋の駅に、四〇〇個の下駄の音がシンフォニーのごとく鳴り響くという。二本足だから一人に歯が二つ。それで二〇〇人が一斉に歩いている。下駄の音が響くんですね。イザベラ・バードはこの音響にうっとりしている。外国人はおもしろいところに気がつくんだと思いました。日本人は下駄の響きに聞きほれるなんて、あたりまえの日常の音ですから、あり得ませんもの。

**山折**　その下駄の音のシンフォニーをビートたけしが映画（『座頭市』）で、下駄のタップダンスとしてやってみせたね。あれは日本のタップダンス。見事だった。

## 反原発の無言の声

**髙山**　日本の山河の美しさと鉄砲を捨てた日本人の心理に相通ずるものがあるとペリンは書くわけですが、そうなると、自然を失い荒廃してしまった日本人のなかには、原発を再稼働するという心がやはり生まれやすくなっている。原発問題に関しては、国も、東電も、本音では三・一一のことを「忘れたいだろう」と思うんですね。実際に補償しなきゃいけないから、忘れることはできないのですが。

しかし、忘れたいのは彼らだけじゃないはずなんです。原発事故で避難を余儀なくさせられた大熊町や双葉町の住民にしても、かつて強制的に原発建設が進められ、反対する人もど

＊4　イザベラ・バード　一八三一～一九〇四。イギリスの紀行作家。『日本奥地紀行』で知られる

んどん切り崩されていったという面はありますが、しかしその一方で地元が潤うために、最終的に誘致の決断を下していったことも事実です。僕がもし、自分の故郷に原発があったとして、今のような被害を受けた場合に、住民としてどう考えるだろうか。「もうあんな所へは帰りたくない」と思うかもしれない。それは自分たちが原発を誘致したという経験がどうしてもぬぐえないから、そんな気持ちになるんじゃないかと思うんです。その点では、水俣とはだいぶ違うんですが。恐ろしいのはそのことのような気がするんですよね。

**山折**　なるほどね、そこはたしかに違う。現地の利害によるエゴイズム、場合によってはご都合主義……。

**髙山**　これは、あの人たち自身からは言えないんですよ。一方的に被害を受けただけじゃないんです。あの地に原発を誘致さえしなければ、ああいう問題は起きなかった。

**山折**　しかし、水俣にしても、二代、三代さかのぼれば、チッソを誘致したのは地元の要望があったから、ということにもつながるわけでしょう。とはいえ、そこをいくら突っついたって、それでは「将来どうするか」という問題には必ずしもつながっていかないと思うんだ。

**髙山**　「語り部の会」会長の緒方正実さんの伯父に緒方正人さんという患者さんがいて、『チッソは私であった』（葦書房）という本を書いています。自分は被害者であるけれど、この水俣の海を漁師として荒らしまくった加害者でもある、水銀の毒を流した者たちと同じ地平に立っているという認識に至って、チッソを許すと言い出した。「命の尊さ、命の連なる世界に一緒に生きていこうという呼びかけが、水俣病事件の問いの核心ではないのかと思っています」と書いています。その後、運動から離れ、（水俣病患者の）認定申請をみずから取り下げてからも、慰霊碑のまわりに自作の野仏をたくさん建てる活動が続きました。この人も福島に行っています。

**山折**　命の連なりの過程には、無数の死の問題があります。死んで生まれ変わる、再生する。一度俺は死んだんだ、殺されたんだ、そのうえで命がつながるという文脈になるのだろうか。

**髙山**　まさにそれだと思います。「命が連なる」という緒方正人さんの呼びかけは、水俣病事件がもたらした思いがけない発見でしょう。現地では、水俣病か非水俣病かで、まず分かれます。水俣病であるはずの人が認定されず、非水俣病のグループに入れられてしまう。ここで差別が生じる。認定されなかった水俣病の潜在患者たちは、いつまでたっても病院に行けず、申請もできないから、病状が悪化してしまい、それを隠すために水俣から逃げるように出て行くという、たいへんなご苦労をされた人たちも多い。最も差別の底辺にいる方々です。

深刻な放射能汚染を受けた大熊町や双葉町には、帰る人もいないと思うんですけれども、ただ、故郷には帰れないといっても、潤沢な見舞金が入ってきたし、補償金も入ってくる。お金をもらっていれば文句の出しようもないんですね。原発をやめるべきなんていう運動は、避難民から起きていないでしょう。原発事故で自身も避難した双葉町出身の人が撮った映像が、東北のテレビ局で流れたことがありました。僕はそのDVDを借りて見たんですが、「反原発」とはひとことも言いません。映画をつくっている人も同じ双葉町で、望郷の思いばかり語るんです。

ところが、そこから立ち上ってくるのは、声を大きくして語られることのない反原発の思想なんですね。つまり補償金を受け取っている人たちは、大声をあげて反原発とは言えない。本当だったら水俣病患者のように、中央官庁や東京電力に原発廃止を求めてデモを起こせばいいんですよ。でもそういうことはしない。ところがその映像を見ていますと、心の底で彼らが本当は思っている、反原発の声が聞こえてきます。見る人には伝わる。だけど伝わらない場合もある。本来なら自分たちが何ゆえに原発を誘致したのか、原発によって自分たちはいかに潤ってきたかということをすべて検証し、記録として保存して、福島の第一原発のところは福島第一原発ミュージアムというものにして、あの町々もそのまま残して、後世のために伝えるべきでしょう。一定の地域の人であれば今はもう入れるわけですから。

やはり原発が何をもたらしたのかを全部明らかにして、伝えるべきだと僕は思います。しかし、福島原発問題では、自分たちは被害者であるけれども、実は加害者でもあるということを、誰も言わないですね。戦争責任の問題と似ています。

## ゴジラを生み出したもの

**高山**　『シン・ゴジラ』を観て感じたのはそこだったんです。核分裂を起こしながら巨大化し、街や人を破壊していくゴジラからは多層的な音楽が聞こえない。原発政策を推し進めてきた政府も企業も、福島原発事故は「想定外だった」と言って責任を逃れようとする。さらには、原発を誘致して潤ってきた地元は、自分たちは被害者だとしか言わない。鬼神のごときゴジラの怒りには東北の震災の二万の死者の霊が含まれていると思うし、破滅への必然をわかっていながらそれから目を背けて「何とか大丈夫だろう」と、経済的な潤いばかりを追い求めてきたわれわれ日本人への怒りもこもっている。「俺を生み出したものはお前だ」と言っているのです。

拝金主義で推し進めた高度経済成長以降の政策は、地域社会を崩壊させてきましたが、原発を捨てるとなれば、これまで投下してきた莫大な資金がまったくパーになりますから、原子力ムラの保身も根強いでしょう。明治から始まった近代主義の極致の姿が現代社会ではないかとすら思います。日本のような活断層だらけの地震列島に、地震がほとんど起こらないようなフランスと同規模の四十何基という原発をつくるという発想自体、どうかしているとしか思えません。

安倍首相は、原発の海外輸出を成長戦略の柱のひとつに掲げていますが、核廃棄物の処理問題が自国でまったく解決していないのに、遠い未来にわたってこの重大問題を海外諸国に背負わせるつもりでしょうか。死の商人のやることですよ、それは。

**山折**　ドイツはきちっと脱原発の方向へ舵を切ったわけだ。ドイツ人はやはり理性的に考えたと私は思いますよ。メルケル首相が反原発を政策課題にした。いろいろ問題も起きているようですけど、とにかくああいう政策が出てくるところが違いますね。

つねに日本は、外部からその一番おいしい果実を得て、そしてそのための犠牲を排除する、見て見ぬふりをする。そのようにして近代を受け入れてきた。西欧世界というのはそれなりに犠牲を担っていますし、犠牲が当然のことだと考えている。先の大戦では、日本は近代的軍事力で武装して、徹底的に戦って、そして敗北した。それを「軍部が暴走してやった戦争で、巻き込まれた国民は被害者だ」と言っている。ところが、国民だってあの戦争を「聖戦だ」といって持ち上げ、推進したわけでしょう。「日本人は歴史から学ばない」と言われるけれども、原発問題で問われているのは、われわれが享受してきた近代の〝果実〟や成長パラダイムを捨てられるかということだと、僕は思っている。

そこでね、近代の〝果実〟が日本人にもたらしたもの、それによって喪《うしな》ったものについて、もう少し掘り下げて考えてみたいんだ。

# 第三章　近代の融解《メルトダウン》　日本人が喪ったもの

## 東京オリンピックと『方丈記』

**山折**　近ごろは二〇二〇年東京オリンピック・パラリンピックの話題が毎日と言っていいくらい報道されているね。オリンピックを開催すれば国に活力が戻り、景気が良くなる——メディアもそう思っているみたいなところがある。

**髙山**　まったく懲《こ》りませんね。戦争で勝ったら国が潤うと言っているようなものですよ。総額三兆円を投じるなんて話が出ていますが、国民の税金がいったいどこにつぎ込まれるのやら。そんなお金があるんなら、三・一一の被災地復興と原発の廃炉事業に集中すべきでしょう。

**山折**　腰をすえて取り組むべきことは山ほどあるはずですよ。東日本大震災では一〇万九〇〇〇人の避難者、今なお仮設住宅で暮らしている方は、岩手・宮城・福島三県で六万三〇〇〇人に上る（二〇一七年二月末）。また、二〇一六年四月の熊本地震では、一年経っても崩壊した家の片づけも終わっていなくて、今なお約四万七七〇〇人が仮設住宅などで不自由な避難生活を送っているんですよ（二〇一七年四月）。ところが東京方面からは、「一極集中音頭」ばかりが聞こえてくるような気がする。

**髙山**　宮城で競技を開催し、福島で五輪イベントをすると言っていましたが、結局カネは大手ゼネコンに落ちるんですよね。宮城県の三陸地域ではどんなことが起きているかと言いますと、宮城県から「復興」を請け負った大手コンサル会社が、三陸海岸沿いの小さな漁業組合を軒並み潰そうとしています。地元の漁師たちは非常に怒っている。僕は、本当の意味での復興は、被災した地元民が、自らの労働によって、「原地」で、人とモノの復興をしていけるかがカギになると思っているんですが、「経済効率」のひとことで、それまでの営みが潰されてしまう。これは復興なんかじゃありません。

過去の災害史をふりかえってみましょう。日本列島は幾たびも大災害に見舞われていますす。山折さんは京都にお住まいですが、中世の『方丈記』には、当時の京都の災害の模様がたいへん生々しく描かれていますね。

**山折**　『方丈記』に描かれたのは鴨川です。京都市内には鴨川の支流がたくさん流れています。鴨長明《かものちょうめい》（一一五五?〜一二一六）が生きた平安時代末期には、大きな合戦もあったし、二つの大火が起きたりした。自然災害では、地震・辻風・干ばつ・洪水が、京都を襲った。そのため多くの死者が京のみやこに溢れたと長明は書いています。干ばつ・洪水による「養和の飢饉」のときは多くの餓死者がでて、ある真言僧が、路上に棄《す》てられた死者たちの額に「阿」の文字を書いて、成仏を願って歩いたというんだ。その僧が数えた死者の数は、京都・左京だけで、二ヵ月間に約四万二三〇〇人。

**高山**　ものすごい数ですが、まだまだそれ以上に犠牲者が出ているということですよね。

**山折**　地震学者は、この京都盆地にいずれ大きな地震が起こるだろうと言っているんだが、京都人の多くは、心のなかでは起こらないと思っているんじゃないのかな。「千年の古都」のイメージで、そんな錯覚ができ上がっているのかもしれない……。

**高山**　阪神・淡路大震災、東日本大震災のあと、人々によく読まれたのは、平安末期の天変地異を描いた『方丈記』の文庫本だったと聞きます。「ゆく河の流れは絶えずして」にはじまる無常の世界観が、瓦礫と化したコンクリートの巨大構造物の姿を目の当たりにした、八〇〇年後のわれわれの無意識に響いたのかもしれません。鴨長明は『方丈記』には書いていませんが、三五〇年の平和を保ってきた平安時代末期には、天変地異とあわせて源平の戦乱が連続しています。末法思想や浄土教が広まって、堕落した寺院を離れて聖《ひじり》となり、念仏を広める僧たちが出てきます。長明の無常の文学も、そうした精神活動のあらわれのひとつだったんでしょうね。

　では、八〇〇年後の現在の日本はどうでしょうか。東日本大震災直後の福島からは、詩人の和合亮一がツイッターで、「魂を返せ、夢を返せ、福島を返せ、命を返せ、故郷を返せ」と叫びましたけど、これはシンガーソングライターの長渕剛がやはり震災直後に綴った、「家族を返せ！／友を返せ！／家を返せ！／ふるさとを返せ！」に通じます。でも、すでに原爆炸裂後の広島では、詩人の峠三吉《とうげさんきち》が*1「ちちをかえせ　ははをかえせ／としよりをかえせ／こどもをかえせ」と書いています。理不尽な仕打ちに対する猛烈な憤怒《ふんぬ》と悲嘆をストレートに表現している。しかし、長明の自己内面化の営為と、どんな日本人の心にも沁み込んでいくような普遍性にはかないません。この三人は長明みたいに世俗を捨てて隠棲しているわけじゃなくて、実生活とアクチュアルに切り結んで生きている人たちなので。

ただし長明だって、東日本大震災のような経験をしたら、『方丈記』を書けたかどうかはわからないと思います。これまでの経験と決定的に違うのは、やはり原発事故をともなっているからです。そのことを考えると、僕にはおいそれと「ふるさとを返せ」とは言えない。事故に関しては、われわれ日本人全員が加害者だと思うからです。

日本人はさらなる快楽を得ようとして、自分たちがコントロールできないものをつくってしまった。核のゴミをどう処理するかについて、まったく決めもしないで。「原発はコストが安い」とさかんに宣伝されてきましたが、いざ廃炉となると、底知れぬコストがかかることが今ではわかっています。福島原発とその周辺から放射性物質が消えることはあり得ない

*1　峠三吉　一九一七〜一九五三。二八歳のときに広島で被曝。一九五一年に『原爆詩集』を自費出版。「にんげんをかえせ」の詩で注目される

でしょう。目にも見えないし、においもしないので、本当に怖ろしい。償《つぐな》いがたい罪の遺産を未来の子孫に手渡すことになってしまった。いや、こういうことこそ人類史の避けて通れぬ運命なのだと言う人もいるでしょうが、いずれにしても文明は持ち重りするものなんです。ならば、そういう文明の中身を、多少の不運に見舞われても生きるに値する弾力的で柔らかいものにしていくのが、人間の役割なんじゃないかと思います。

はっきり言いますね。日本人は「近代」を葬るときに来ているんじゃないでしょうか。僕なんか、二〇年前から言ってきてることなんですが。

## 「近代の店じまい」の時代

**山折**　阪神・淡路大震災は一九九五年ですよね。そのころから、思いもしなかったような犯罪や事件が起こり始めている。世紀の変わり目にこれまでなかった問題が発生してきたというのは、九〇年代半ば以降、日本社会において何らかの崩壊が始まっているからでしょう。これらはやはり、一つのパラダイム――近代の終わりを予兆しているように思えるんだ。映画『シン・ゴジラ』が現代日本人に強い衝撃を与えたとすれば、それは、ゴジラがもたらす破局が、僕たちの潜在的な不安が現実のものとなって顕《あらわ》れたものだと考えてもいい。だとすれば、日本社会にどのような根源的な変化が起こったのか。それを髙山さんと語り合いたいと思っているんです。
　ふと思うのは、あの原発事故が起こったとき、科学者のあいだから「想定外」という言葉が言われた。その後も火山爆発とか台風による深層崩壊などが発生し、この「想定外」の言葉が、社会全体でメディアでさかんに使われるようになりましたが、これからの時代は何が起こるか予想のつかない状況になっている。とすれば「想定外」というのはもう使用期限が切れている。これからは予期できないことが当たり前で、発生することはすべて「想定内」だと言わなければならなくなった。「想定外」と「想定内」の二元論の考え方は通用しなくなったということです。つまり、そのあたりで近代の終焉というか、近代の店じまいの時代がやってきている……。

**髙山**　阪神・淡路大震災の二ヵ月後には、東京でオウム真理教による地下鉄サリン事件が起きています。オウムの犯行だとわかるのは少し後のことですが、それまでの数年間で日本人は、世界史的な激動を経験しています。海外では東西冷戦の終結、ソ連とベルリンの壁崩壊、湾岸戦争などなど。国内ではバブル崩壊と「失われた二〇年」の始まり、奥尻島が大津波に襲われて二〇二人の死者と二八人の行方不明者を出した北海道南西沖地震、自民党政権崩壊と非自民政権の誕生、九人の死者を出した北海道東方沖地震などなど。そして阪神・淡路大震災が起きて、神戸をはじめとする関西各地が灰燼《かいじん》に帰した。それから間をおかず地下

地下鉄サリン事件で応急手当てを受ける患者たち（東京・築地駅）

鉄サリン事件です。

時代は世紀末。それを前にした日本人の心には、ついに自分たちはカタストロフィーのサイクルに入ってしまったのではないかという不安が広がっていましたね。『ノストラダムスの大予言』の影響もずっとあっただろうし、それに乗じたオウム真理教の「世界最終戦争」への扇動も少なからず影響していたのではないかと思います。バブル期の節操を欠いた乱痴気騒ぎに対して、司馬遼太郎は「土地を国有化せよ」とまで言っていたくらいですが、善良で誠実な人たちは、日本人はとんでもない間違いを犯した、きっと恐ろしい災いが起きるに違いないと思っていました。

そこにふたたび神戸で、あの忌まわしい

事件が起きた。一九九七年の連続児童殺傷事件――いわゆる「酒鬼薔薇聖斗《さかきばらせいと》」事件です。少女たちが殺傷され、行方不明になっていた一一歳の知的発育障害をもつ児童の斬首された頭部が、中学校の正門上で発見される。ものすごい数のマスコミが、事件現場となった須磨ニュータウンに連日押し寄せました。僕もその一人でした。逮捕されたのが一四歳の男子中学生だったので、地獄の釜の蓋が開いたような騒ぎになりました。少年も大震災の経験者で、世界の終末を心のどこかで恐れていました。

僕はあのとき、人間と人間を繋いできた大事な鍵がとうとう外れてしまったと思ったんです。オランダのハンス少年[*2]は、嵐の夜に堤防の裂け目に手を突っ込んで町を洪水から守りましたけど、いまやその手が抜かれてしまったと。

**山折**　たしかに、あれから陰惨な少年事件が相次いだね。そして今も続いている。なぜこうした事件が立て続けに起きているんだろうか。

**高山**　神戸の事件について、もう少し話してもいいですか。

**山折**　どうぞ、どうぞ。

＊2　ハンス少年　メアリー・メイプス・ドッジの小説に登場する少年。オランダでは銅像も建てられている

## 「酒鬼薔薇聖斗」事件

**高山**　この事件の全貌について僕は本を二冊（『「少年A」14歳の肖像』『地獄の季節「酒鬼薔薇聖斗」がいた場所』ともに新潮文庫）書いているんですが、彼の成育歴や捜査資料、精神鑑定を読むにつけ、弱肉強食の時代から「弱肉弱食」、つまり弱い者が弱い者を食って生きる時代になったと痛感するようになりました。逮捕された少年は、弱肉強食の世界に生きているかぎり強い者が弱い者を支配するのは当然だと言っているけれども、この少年だって、同級生にひどい暴行を加えたり、女子生徒の靴を盗んだりして教師から指導を受け、児童相談所で軽い精神分析を受けていたんです。学校へは行かず、高校進学も絶望的で、現実としては落ちこぼれの弱者の立場にあったわけです。それなのに、いやそれゆえにこそ、強者の論理を自分のなかにつくりあげていった。

いっぽう被害者の少年は、あの街の人たちから大変可愛がられていた。街の人たちから話を聞いてみると、いろんなところで大事にされていたことがわかります。加害少年の家にもよく遊びに来て、彼の両親や弟たちとも親しくしていた。いわばこの子はあの街の人びとにとって、汚れを知らぬ清らかな存在として、侵してはならぬ神聖な存在だったと言ってもいいでしょう。

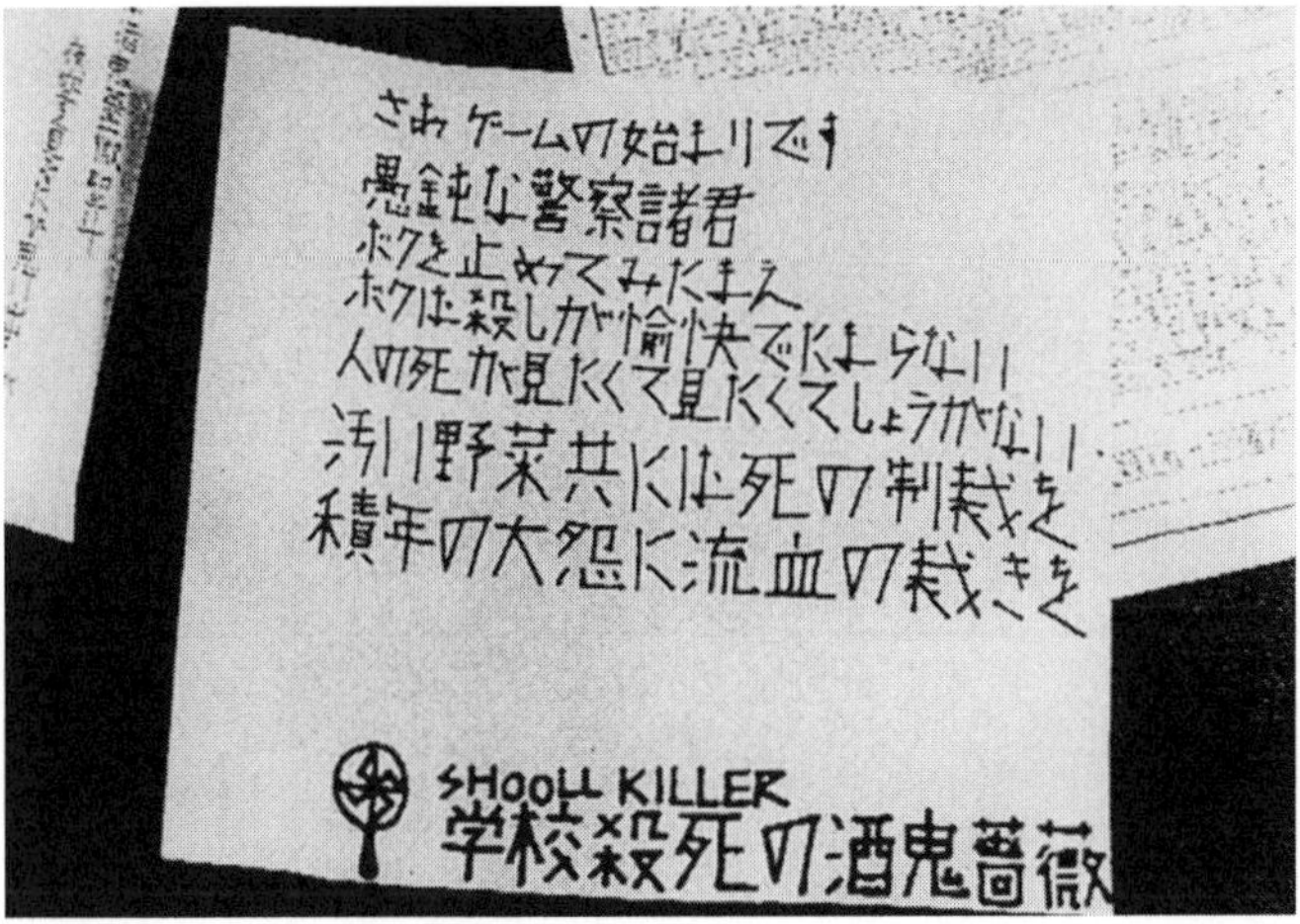
さあ ゲームの始まりです
愚鈍な警察諸君
ボクを止めてみたまえ
ボクは殺しが愉快でたまらない
人の死が見たくて見たくてしょうがない
汚い野菜共には死の制裁を
積年の大怨に流血の裁きを
SHOOLL KILLER
学校殺死の酒鬼薔薇

少年Aが神戸新聞社に送りつけた「挑戦状」

そうした子供を殺害するばかりか、斬首までして、その頭部を自分の学校の正門にさらす。これについて本人は、警察の取り調べでも、なぜそんなことをしたのか語ってはいませんが、やはりどう見てもこの最終行動は、学校や街、すなわち自分を取り囲み排除してきた社会全体に向けられたテロリズムであったと僕は見ているんです。

彼の精神のメカニズムは、麻原彰晃とも通じるところがあると思います。この事件を機に、「弱肉弱食」の時代がはじまり、少年少女たちによる凄惨な殺傷事件が続発するだろうと、僕は本のあとがきにも書いていますが、残念ながら、その通りになってしまった。

近年、格差や貧困の問題がさかんに論じら

れていますが、重大な事件を調べてみると、単純に「経済的貧困者が起こした」とも言えないんです。少しメカニズムが違うように思えますね。

**山折**　その「弱肉弱食」だけど、なるほどと思うね。当時、そのような凄惨な犯罪が起こると、社会やメディアは必ず、心理的動機は何か、社会的背景は何かと追及の姿勢を示していたものです。ところがいくらそのような方向で探っていっても一向にらちがあかない。それで、精神障害ではないかと精神分析が始まる。その診断が下され、とにかく一件落着というところに行く。そういう切り方を僕は、凶悪犯罪の原因についての三種還元と呼んでいたんだが、いつの間にかそのような考え方ではどうにもならないことがわかってきた。そんな僕からすると、あなたの言う「弱肉弱食」というとらえ方は新鮮なんだが、そもそもそれはどこから来たのかという問題は残るね。

二〇一五年に川崎市で起きた、中学一年生が冬の川で泳がされたあと集団暴行を受け殺された事件があったね。その二〇年前に起きた神戸の少年Aの場合は、一人で考え一人で実行した、ある意味での確信犯ですね。ところが川崎の事件は、一人の強力な意志による犯罪とは違い、裁判記録にもあるように、複数の先輩たちの「雰囲気に流されて殺した」、つまり「雰囲気犯罪」です。

**高山**　殺人の主体性が変わったということでしょうか。

**山折**　この違いは何かと考えているんですが、一人称の問題に行きあたります。欧米の言語の一人称はただひとつなんです。英語は「Ｉ」、ドイツ語は「Ｉｃｈ」、フランス語は「Ｊｅ」。欧米人は何か行動しようとするとき、それが犯罪であろうが戦争であろうが英雄的な行動であろうが、一人称から出発するわけです。確信犯的な居場所をいつも持っているというか、持たざるを得ない。言葉の世界でも生まれたときからそうなっている。一人で、一人称の居場所に立って世界を見る、社会を見る、他者を見る、そういうロケーションになっている。一人称単称の表現形式が一つしかないのはそういうことですね。

いっぽう、日本語では一人称は無数にあるんです。俺、僕、私、わし、自分、我が輩、わちき……これを数えたのは正岡子規。また、人称の使われ方も欧米語とは違います。たとえば和歌とか俳諧に主語はないと言っていいでしょう。主語を立ててそこからはじまる歌なんてありませんよ。だからリービ英雄[*3]が『万葉集』を英訳したとき、いちばん困難だったのは人称の問題だったと言っています。英訳するには人称が必要だ、だけど『万葉集』には人称がないというか、必要がない。そこでリービ英雄は人称を自然に置き換えて考えた。主体と

＊3　リービ英雄　一九五〇〜。アメリカの小説家・日本文学者。一九八二年に刊行された『万葉集』の英訳は全米図書賞を受賞

客体が融合し、絶えず一人称は浮動する。流動する。そこから行動する主体が自己であって自己でない状況が生まれる。浮動するから、集団でしか行動できないメンタリティが生まれる。一人で行動しても、つねに集団を意識している。言語の構造から導かれる行動様式です。川崎の事件は、この構造と符合するのではないか。それに対し、少年Aは西洋近代的な考えが前面に出ている。「I」「Ich」の世界です。かなり確信犯に近い。

**高山**　なるほど、事件の主体性の違いを言葉の人称から読み取るわけですね。「私は私である」という考え方ですね。日本人は前近代までそのような考え方をしませんでした。そもそも「私」という観念が薄くて、アジア的大家族主義のなかで自分は家族や社会の要素のひとつにすぎないといったような謙虚なとらえ方です。戦後の高度経済成長や学生運動や労働運動などを通じて「私は私である」といった自我主義が育っていったと思いますが、それでもまだいくらかは「私はあなたであり、あなたは私である」といった奥ゆかしさは残っていた。ところが少年Aは違いました。異常な性衝動にかりたてられる自己を嫌悪しつつ、その嫌悪を乗り越えられない自己をさらに嫌悪した。そうしてバモイドオキ神なる神を創造し、その神に仕える酒鬼薔薇聖斗という新しい自我と自己を同一化させて、あの犯行に及びました。自己嫌悪から自己正当化へ、自己正当化から自己実現へ、そして自己実現の正当化へ。これは近代戦争のメンタリティ・メカニズムにも通じます。もちろん、経済成長主義にも。

いわば明治以降の近代主義の歪《いびつ》なかたちでの不幸な露出が、その最先端が、あの一四歳の少年に一身にあらわれたという印象を、僕は持ちました。とすると、オウム真理教事件の場合はどうだったとお考えですか？

## オウム信者の「忖度」

**山折**　オウム信者たちが犯したのも「雰囲気犯罪」ですよ。川崎の事件と非常に似ています。麻原彰晃が神がかり的に「これはこうだ」と言うと、集団内でそれが拡大解釈されていくわけです。信者たちは、どうしたら教祖の考えに一番沿うように行動できるかと、どんどん自分たちを追いこんでいく。教祖の意を酌《く》んで、先回りして「実践」したのだと思います。最近の森友学園に関する問題との関連で言うと、まさに「忖度」で行動している。「忖度」文化が何かあるといつでも出現する。ナチスの党首アドルフ・ヒトラーと比べるとはっきりするでしょう。ヒトラーの場合は、『我が闘争』のなかで、権力を獲《と》ったときには自分で政策をつくり実行すると書いていますし、ヒトラーと彼の側近集団は、オウムのような「雰囲気」とか「忖度」を回路にする関係にはなってないということです。

**髙山**　山折さんは、一連のオウム事件を受けて、梅原猛さんと重要な対談（『宗教の自殺　日本人の新しい信仰を求めて』ＰＨＰ研究所）をなさっていますね。もう二〇年あまり前の対談ですが、今でも異様に新鮮に感じられます。

このなかで山折さんは、ニーチェの「ルサンチマン（怨念感情）の社会化・組織化」という言葉を引いて、富める者に対する貧者の怨恨、搾取する側に対する搾取される側の憤怨《ふんえん》、そうした下層民衆のルサンチマンが社会化・組織化されて爆発したのがフランス革命やロシア革命であったけれど、日本の場合、ほとんどそういう現象は起きなかった。なぜなら、日本の伝統的社会ではそういったルサンチマンの発動を緩和する装置がいつもあったからだ、と述べておられる。

それは何かと言うと、「祟《たた》り」信仰の伝統のことで、滅ぼした者を滅ぼしたままにしておくと、無念の思いが災いとなってこの世に襲いかかる。それで勝者は敗者の霊を神社仏閣に祀り、残党たちの反乱の根が広がるのを抑えてきた。日本人はこのようにしてルサンチマンの拡大を吸収し、緩和して、社会化する芽を摘んできたのだが、オウム事件に接して、そのような装置が、社会的にも宗教的にも、もはや失われてしまっていることに気づかされた――と、大意はこのようなことなんですが、「近代以降、ルサンチマンを吸収する伝統的な装置を次から次へと排除してきたことのつけが、このようなかたちで今日われわれの眼前で噴出した」と、近代批判をされています。

## オウム死刑囚の法廷で語ったこと

**髙山**　もう一つ、山折さんは、人間は誰もが平等であると言い出した戦後日本社会の偽善性についても言及しておられる。オウムはそれに対する「異議申し立てとして、反国家的なテロ活動に走ったと思われる点がある」と。

麻原たちが国政に打って出ようとして、選挙運動をしていたじゃないですか。信者たちが象のぬいぐるみを着て、ダンスして唄を歌っていましたね。僕は何度か実物を近くで見ましたが、世間を嘲笑《あざわら》っているんだなと感じていました。人間の潜在的な欲望を見苦しいくらいに露骨に出して見せているところに、ある種の好感をもっていたんです。麻原については彼の生い立ちからたどって書いたことがあるので（『麻原彰晃の誕生』文春新書）、理解しているつもりなんですが、たしかに彼は行者としては高い位置にありました。でも、そのいっぽうで、詐欺師的能力も高かったので、そっちに引っ張られてしまう。詐欺師というのは時代の空気を手玉にとるでしょう。時代批評的な側面も多分にあったと思いますね。

酒鬼薔薇事件の前にオウム事件があったことは重要です。少年Aは語っていませんが、彼にもルサンチマンは確実にありました。「社会化」まではしなかったという点で、麻原とは大きく違っていますが。

**山折**　麻原のは憎悪の思想だよ、一番の底に眠っているのは。ところが、麻原本人には、あなたも指摘したように、少年Aと共通する確信犯的な側面もあるわけです。それを日本的な社会風土のなかで信者たちに投げだしたから、世紀末の大問題になったわけです。

オウム真理教の地下鉄サリン事件の裁判で、最初の死刑確定囚になった豊田亨、広瀬健一という人がいます。豊田は東大で物理を専攻し、広瀬は早稲田大学の理工系の秀才エリートです。その裁判のとき、なぜあのような犯罪が発生したのか、宗教、哲学の立場から、たしか東京地裁の法廷で証言したことがあります。永山則夫裁判を担当した大谷恭子弁護士からの要請でした。当時、僕は日文研に勤めていたものだから、「公務員の立場で一方の証人に立つことはできないと思う」と言った。それなら裁判所として、検事側・弁護側両方からお願いすると言われて三時間ほど、検事、弁護士との一問一答をしたんですよ。これはきつかった。

**髙山**　どんなことを述べられたんですか？

**山折**　証言のときはメモも資料も使ってはいけないという条件がついていたので、正確には覚えていませんが、社会的な背景については、先にふれたルサンチマンと祟りの歴史的相関について語ったと思います。日本の歴史を見ればわかりますが、社会に革命的状況が発生すると、かならずあらかじめ解消する装置がどこからか働くのですが、戦後になってそれらの伝統的な装置（多くは宗教的な装置）が次から次へと失われていきます。そんなことから話を始めたと思います。宗教には神の顔も悪魔の顔もあるとも言ったかな。これが普通の日本人にはなかなかわからない。「宗教は人を救う」という単純な常識からなかなか抜け出せない。それでは取り締まればよいのかというと、そうもいかない。そのあたりのメカニズムがわからないと、オウム、サリン事件の深層に下りてはいけないでしょうと。

**髙山**　結局、当時の検事、弁護士、裁判官も含めて、最後まで、あの事件がなぜ起きたのか、わからなかったのではないですか。

**山折**　事件の因果関係をつかむことができなかったんじゃないのかな。サリン事件は一九九五年で阪神・淡路大震災と同じ年に起きています。あの段階で僕は、日本人の宗教と自然に対する考え方が本質的なところで変わったと思った。もう少し言うと、ＩＴ（情報技術／information technology）によって、根源的なところ（価値観・考え方）を変えられてしまったということがある。インターネットの実用化が始まったのは一九八九年、豚・羊の胚を培養するクローン技術の実用化に成功したのも、同じ一九八九年です。

**髙山**　一九八九年は現代史最大の転換点ですね。年頭、昭和天皇の崩御があり、中国では天安門事件が起きている。ドイツではベルリンの壁が崩壊し、共産主義国家が次々と自由主義に変わり、冷戦構造が解体されました。一九八九年に世界構造に急転換が起こり、同時に未来に至る技術革命が起きているのは事実ですね。

## 崩壊する「甘え」の構造

**山折**　ＩＴが出現した世紀の変わり目に日本社会で生じた変化とは何か。それについての示唆を与えてくれるのが、土居健郎《どいたけお》さん＊4の『「甘え」の構造』（弘文堂）です。『「甘え」の構造』は、戦後の日本人論を代表する大ベストセラーで、一九七一年に刊行されて以来、九〇年代にかけて読まれ続けるんです。ところが二〇〇〇年を越えたあたりから読者を獲得できなくなった。その理由を、著者の土居さん自身が二〇〇七年の増補普及版で「『甘え』今昔」として書いているんです。

**高山**　日本人独特な人間関係の基礎にあるのは「甘え」だと、土居さんは言っていますね。「甘え」という言葉は英語圏にはないようですね。夫婦、親子、友人、師弟など互いが互いを信頼する関係を、甘えという言葉で日本人は表現した。「甘え」を別の言葉で言えば、相手が自分を信頼してくれている、あるいは相手と自分が信頼関係で結ばれている。それを自覚していないのに、相手が自分を信頼してくれるから「甘える」ということになる。甘ったれとか自己中心的とは違うわけなんですよね。

**山折**　その二者関係の基礎になっているのが「相手あっての『甘え』」だと土居さんは言っ

ている。ここで土居さんは「相手」(あなた)という言葉の重要性を指摘しています。

ところが、二〇〇〇年を越えるころからインターネットなどのコミュニケーション手段によって「相手」が消されてゆき、それに代わって登場してきたのが「他者」だと言う。その点は以前から私も考えていました。私の解釈で言えば、親密な二者関係の「相手」は、決して「他者」ではない。「他者」とは三人称ですよ。「相手」は二人称。二人称と一人称との関係性を支えているのが「甘え」という信頼関係なのに、この関係がメカニカルなものに転換するのが、二一世紀を契機とするIT。「他者」という言葉が入り込むことによって、相手あっての二者関係である日本独特の「甘えの構造」が崩れてしまった。このように土居さんは、ご自分の本が読まれなくなったのは時代の変化と非常にかかわっていると分析しています。

川崎で起きた、緩やかな遊び仲間のなかで雰囲気でなんとなく殺してしまった事件を見ると、やっぱり相手との重要な信頼関係が失われている。かたや少年Aの心には、ヨーロッパの近代個人主義みたいなものがあったと感じます。

＊4　土居健郎　一九二〇～二〇〇九。精神医学者。東大医学部教授時代に著した『「甘え」の構造』は海外でも翻訳された

**高山**　同感です。「近代的自我」という言葉を、あの事件で思い浮かべました。

**山折**　そう、まさに近代的自我だね。

**高山**　一四歳の彼ははじめからストーリーをつくっていました。被害者の少年は手段、そして自分の犯罪を「作品」と呼んだわけですから。ところが、三二歳になった二〇一五年に出版した『絶歌』(太田出版)はまったく「作品」にはなっていないんです。さらにその後、彼は自分のメールマガジンを有料で立ち上げた。自分の思想を発表して、信者みたいな連中を集めようとしているのかと思って読んでみたんですが、むしろ堕落を感じましたね。目的がまるでわからない。鍛えた自分の肉体を写真に撮ってアップしているんだけれど、まず文章の質が一四歳のときとは比べものにならないくらい劣化している。単に自分の異常ぶりを際立たせて、常人以上のデモーニッシュな力をついに持ち得るに至った〝超人〟として見せびらかそうとしているだけなんです。もちろん、そんな力なんてあるはずがありません。でも本人はそう信じて悦に入《い》っている。大人になって幼稚化してしまったんですよ。

さらに言うと、僕は、彼には自殺願望があったんじゃないかと思っていたんですが、その影すらもありません。ジャーナリズムは「医療少年院の更生プロセスの失敗」と言っています。確かに失敗なんですが、じゃあ何なんですかと聞きたい。本質は、そういう問題ではまったくないのです。

**山折**　自己愛的自己主張か。

**髙山**　ええ。その意味で言うと、大変ＩＴ的な変貌を遂げているんですよ。一四歳のときの彼が書いた文章には、魂の痛ましさが多少は感じられましたし、僕は哲学的な問題を含んでいると思っていたんですけど、大人になった彼からは、その断片すら見出せません。

## タテ社会の人間関係

**山折**　ところでね、『「甘え」の構造』の少し前の一九六七年に刊行された中根千枝[*5]さんの『タテ社会の人間関係　単一社会の理論』（講談社現代新書）は一一七万部、今も一〇〇刷を超えてロングセラーとして読まれ続けているんです。『「甘え」の構造』が読まれなくなる一方、『タテ社会の人間関係』は今でも読者を得ている。これは何を意味しているのかということです。

日本人が外に向かって（他人に対して）自分を社会的に位置づける場合、好んでするのは、資格よりも場を優先することである。記者であるとか、エンジニアであるということ

＊5　中根千枝　一九二六〜。社会人類学者。東京大学名誉教授

よりも、まず、A社、S社の者ということである。また他人がより知りたいことも、A社、S社ということがまず第一であり、（中略）この集団認識のあり方は、日本人が自分の属する職場、会社とか官庁、学校などを「ウチの」、相手のそれを「オタクの」などという表現を使うことにもあらわれている。／この表現によく象徴されているように、「会社」は、個人が一定の契約関係を結んでいる企業体であるという、自己にとって客体としての認識ではなく、私の、またわれわれの会社であって、主体化して認識されている。

日本人はつねに集団を意識している。その行動様式を『タテ社会の人間関係』は見事に分析していますね。要するに、学校・行政・官僚機構・企業の組織における人間関係には、目には見えない強制的な構造がある。それがタテ社会だと中根さんは言っています。とくに一九八〇年代まで、会社員は、自分が所属する会社の業績をアップさせるために働かなければいけない。だけど、あくまでそれは「上司と同僚の和を乱さないかたちでやれ」と言われてきたわけです。

**髙山**　この三〇年ほどの間に、日本的経営と言われてきた企業の終身雇用・年功序列制がどんどん廃止されてきた。それに代わって導入されたのが、能力主義と成果主義。つまり、「能力を発揮してくれるなら、君なりのやり方で仕事をやっていいよ」ということですね。

にもかかわらず、タテ社会は依然としてある。

**山折**　日本的経営の終身雇用・年功序列制という慣行は、「大家族主義」と言われてきた。一九八〇年代までは、社員寮があり、家族を含めた運動会や慰安旅行だとかあって、血縁で結ばれているわけではないが、家族みたいにそこに所属する人を包摂するものだった。係長なんかがクッションとなって部下の悩みを辛抱強く聞いていた。

**高山**　いわば共同体になっていたわけですね。それがなぜ崩れてしまったのか。やはりバブルの乱痴気騒ぎと、その崩壊です。壮大なリストラを開始した日本企業がこぞって導入した経営方針の三原則があります。株主至上主義、顧客第一主義、そして実力主義です。バブル崩壊後、ほとんどの企業の株価が下がってしまったので、株主たちは「会社は株主のものなんだから株主の利益を最優先して経営にあたれ」と経営者に強く主張した。株主に離れられたら困るので、経営者も従うわけです。その結果、株式市場の動向ばかりに気を取られ、大事な人材育成に投資をしなくなった。当然、優秀な社員がいなくなれば、業績も伸びないわけだから、中長期的に見れば株主の利益にもならない。これが株主至上主義の陥穽《かんせい》です。

顧客第一主義も、これに似ています。顧客に離れられたら自分もリストラにあってしまうからと、社員たちは取引先の言いなりになって、自分の会社への忠誠心や誇りを忘れてしまう。これでは本末転倒です。実力主義もそうですね。自分の昇給やキャリアにばかりに重きを置いて、会社全体への貢献を忘れてしまう。こうした三原則に縛られて大失敗をしたのが、一七〇〇億円もの粉飾決算をした東芝ですよ。ようやく今、バブル崩壊後に起業した会社経営者たちのなかから、この三原則の陥穽に気づいた人たちが出てきて、新しい企業風土の醸成を模索しはじめているようですが、まだまだです。若い働き盛りの世代のビジネスパーソンはメンタルクリニックに行き、精神科医に悩みを聞いてもらっている。今やすべての企業で精神障害に対する対応体制をとらなければならなくなったのは、職場・仕事の現場での人格的な結びつきがなくなってきたことの反映だと、大窪一志という哲学者が言っています(『自治社会の原像』花伝社)。

**山折**　そもそも日本の風土に、ヨーロッパで生まれた個と個の対等な契約関係というのは成り立ちにくいと思う。ところが、運動会や慰安旅行の慣行は西欧近代の「個の確立」とか「個の自由」から見ると遅れた制度だということで、どんどんなくなっていった。必ずしも慣行があるほうがよかったというわけではないが、なくなる過程で、人と人とのつながりが希薄になったことは事実でしょう。「甘えの構造」が崩壊した九〇年代半ばに、そうした社会風土のなかでも重大な転換期がやってきたと思うんですよ。

**髙山**　「自己実現」とか「自己責任」とか言い出して、前者はとにかく学歴社会を勝ち抜いて他人よりもいい会社に入ること、後者は自分以外の者への軽視、もしくは無視ということの裏返しでしょう。こういう貧しい精神風土から差別が起きてきます。大企業に入って自殺する人がいますが、成績優秀で希望する会社に入ってはみたものの、現実生活に柔軟に直感的に対応できず、悩み抜いて死んでしまう。自己実現や自己責任なんてどうだっていい。世界はもっと広くて、本能や野性の発露を待っているんだと言いたいですね。

でも、いいことも起きているんですよ。「田園回帰」と言うんですが、Uターン、Iターンが増えています。僕の故郷では、UターンよりもIターンのほうが多いかもしれません。都会の会社勤めに疲れたんでしょうね、収入の多寡によらず、農業をはじめる人がいます。まあ食えないので、地元の会社に勤めてはいるんですが。さっき、共同体と言いましたが、企業なんて疑似共同体なんですよね。今おっしゃった九〇年代半ばには、すっかりその疑似ぶりが明らかになってしまった。

## 人工知能ロボットvs.人間

**髙山**　情報化社会がいよいよその本当の姿を現していく過程で、人やモノの繋がり方は根底からどんどん変わっていっています。Ａｍａｚｏｎなんか、「どうしておれがそういうものに関心あるってわかるんだよ」とびっくりするような「おおすめ商品」をメールしてきますからね。インターネットの世界は「買え、買え、買え」という広告だらけです。強迫観念にとらわれなければいいが、と思うくらいです。個人商店は、ますますなくなっていくでしょう。

また、ポケモンGOが世界中でものすごい人気になりました。この現象をどう考えたらいいのか。ポケモンGOが出たとき、『ニューズウィーク』（二〇一六年八月二日号）が「世界を虜にするポケモンGO」という特集を組んでいて、このゲームの最大の特徴は「今までにない形で現実と虚構をミックス」したところだと言っています。ポケモンは、スマホのカメラ映像に写しだされる現実に加えて、実際にはその場にないポケモンのCGを重畳《ちょうじょう》させて表示するわけです。それを「拡張現実（augmented reality）」と呼ぶらしいです。

**山折**　しかしだね、これについてはジャーナリストの高野孟《はじめ》さんも指摘している。ポケモンGOを称賛する人は、部屋に閉じこもってゲームばかりしていた子供が、外に出てポケモンを探そうとするから、外の現実世界に駆り出されるのはいいことじゃないかと言うよね。だけど、たとえば銀閣寺庭園にポケモン探しに出かけたとして、本来ならそこで、銀閣寺のたたずまいや、白砂の庭園や池に月が映える美しさ、見知らぬ観光客との出会いなんかを体験する機会となるはずなのに、どこにポケモンが潜んでいるかをスマホ画面で見つけ出すのに夢中で、他のことには一切関心を振り向けることがないわけですよ。実際には「現実」は何ら「拡張」されないどころか、「仮想」を通じてしか「現実」を見なくなってしまう。「現実破壊」の狂騒が観光地のあちこちで演じられている。この現実破壊の余波が人間までを仮想現実化して、ゲーム遊びのように現実の人殺しへと直行していく……。

**髙山**　車による人身事故も多発しましたね。運転中にポケモンＧＯをやっていたという。それ以外にも、人にぶつかったり、駅のホームから落っこちたり、たくさんあります。このゲームを開発している会社の責任は問われないんでしょうか。ゲームに夢中になって、人に迷惑をかけていることに全然気がつきません。電車内はおろか、飯を食っているときも、歩きながらもスマホの画面を見ているでしょう。これでは感性がマヒしていきます。

## ＡＩアルファ碁に打ち負かされて

**髙山**　ロボット工学がものすごいスピードで展開していますね。日本のロボット工学は世界に冠たるものですよ、それとＡＩ（人工知能／artificial intelligence）の開発技術。人工知能が、チェス・将棋・囲碁のプロを負かしちゃったでしょう。

**山折**　世界最強の棋士とされている韓国のイ・セドル九段と人工知能アルファ碁の二〇一六年対決はＡＩ側の四勝一敗に終わった。これまでの常識では、コンピュータはあらかじめ人間にプログラムされている以上のことを自分で考えることはできず、ただ計算速度が速いというだけだから、たとえば人間の直感力という論理を超えた能力には敵《かな》うはずがないと考えられてきた。ところがこのアルファ碁は、三つの点でその常識を飛び越えてしまったというんだよね。坂村健さん（元東京大学教授）によれば、AIは、まず神経回路網という人間の脳を真似た働きをもっている。二つめに、AIは経験から学習する。これは人間と同じだね。三つめに、人工知能はいくらでもコピーが可能ということ。これは人間とは違うよ。不世出の天才はコピーできないものね。アルファ碁の勝因は、まずは人間が指した棋譜の膨大な情報をインプットして学ばせた後、人工知能にそのコピーと延々戦い続けさせる。するとプログラムが勝手に自己進化していくというんだ。

つまりロボット工学は人間を超える能力をロボットに植え付けようとしている。超人間的な存在を無限につくろうとしていると言ってもいい。これを僕は神々なき近代において、新しい「神」をつくろうとしている現象ではないかと近ごろは思っているんです。神殺し、仏殺しをやった近代の人間が、やはり「神無し」では寂しいのか、またぞろ超人間的な「神探し」をやり始めている。

**髙山**　そのうえ小説まで書いちゃった。人物や舞台設定をAIにやらせて小説を書こうという作家まであらわれましたが、そのうちAI文学賞なんてできるんじゃないでしょうか。外科手術もAIにやってもらったほうが、むしろ安全かもしれません。

**山折**　アメリカの研究者が試算したところによると、今、人間がやっている仕事の多くをロボットがこなせるようになって「一億人の雇用を奪う」ことになるらしいよ。そうなるとこんどは、この怪物みたいなＡＩを殺しにかかるようになるんではないかな。せっかく「ＡＩ」という「神」をつくったのに、こんどは殺しにかかるときが来るんだね。「神探し」と「神殺し」を繰り返すというわけだ。人類は進歩しているようで結局のところぜんぜん進歩していないんだな。

## ロボットにはできないこと

**高山**　さらにいま話題になっているのが「直立歩行するロボット」です。

**山折**　直立歩行によって人類はサルからヒトに進化したと言われていますね。「サルは森から出て直立歩行するようになった」「それで進化したのが人間だ」と言われてきたんだが、僕は本当にそうなのかな？　と疑問だったんだ。そうしたら、最近、世界中のサルの生態を数十年間追っかけてきた学者が、「サルは立ったり座ったりしている。直立歩行していない」と言うわけ。だから直立歩行というのは、近代思想がイメージとして生みだした神話に過ぎない。ところが今日のロボット工学は「直立歩行」によって組み立てられているわけで……大地に座って考えよというのが僕の主張でね（笑）。サルだって、森から出てきたときは座ったり立ったりしていたんだ。誰がいったい直立歩行なんて言いだしたんだ……。

**高山**　世界にチェーン展開するマクドナルドの接客マニュアルから人間のロボット化がはじまっています。「笑顔で『いらっしゃいませ』と言ったあと、何秒以内にオーダーを聞いて、次に何秒以内に飲み物のオーダーを聞け」というふうに決められている。ロボット化は自動運転、介護医療、宅配便、そしてホテルのカウンター受付はすでにハウステンボスで始まっています。「ワトソン」というコンピュータは二十数ヵ国語を聞きわけて話すことができて、業務に関するデータもインプット可能、だから「理想の受付ができます」というんです。

まだまだロボットにはできない仕事はありますが、いずれ、知能労働を含めた人間の労働現場がロボットにとって代わられるでしょう。警官もロボットにやらせるという。戦争だってできる。ロボット同士が戦って人命を奪わない「人道的な戦争」だと。

**山折**　あくまで殺す側の人命を失わないということでね。ロボットは罪悪感を持ちませんからね。ただね、ある人工知能の研究家がこういうことを言っているんだ。ロボットはほとんどすべての分野で人間に代替されることになるわけだが、一つだけロボットにはまだできないことがあるという。

**高山**　それはセックス……ですかね？

**山折**　セックスはできるようになるかもしれないよ（笑）。現にイギリスのロボット学者がセックスロボットがまもなく出現すると言っている。人工知能学者が言うのは、「欲望をもつことはまだできない」。ということは、いずれ欲望をもつことができるようになるというわけでしょう。プログラム自体が独自に進化して、あるときヒュッと欲望をもってしまう。そうなると大変だよ、ロボットが何をするか。すでに専門家が警告しているけれども、コンピュータが人間の感情を内在させることもできるようになる、そういう可能性があるわけですよね。小説も書けるようになるのはもう当たり前で。

しかし、これは文明論上の大問題だよ。人間にできて人工知能ロボットにはできないことを考えなくてはならないわけだから。それに失敗すると、こんどは「ロボット殺し」の時代がやってくる。これは近代人がすでに「神殺し」をやっているから、ノウハウをすでに知っている……。

## 共同体が破壊されたあとに

**髙山**　『ポスト全体主義時代の民主主義』（青灯社）という本を書いたジャン＝ピエール・ルゴフ[*6]というフランスの社会学者がこう言っています。「これからはロボット科学テクノロジ

＊6　ジャン＝ピエール・ルゴフ　一九四九〜。フランス社会の変動に関する著書や論考が多い

ーによって全面的に調査され、設計され、管理される人工的な社会環境になっていく」と。つまり、ロボットたちによる管理社会が避けられなくなるだろう。人間は思考しなくなり、多少想像力を働かせても、すぐにコンピュータに分析・調査させる。人間はロボットの奴隷となる、と彼は警告しています。同感です。

**山折**　機械的な労働は機械にやらせて、人間は人間様にしかできない高尚な労働をすればいいという話は昔からあったけど、もはや精神労働さえもロボットに遂行されていく運命にあると言っているわけだよね。ルゴフという学者は、人間のあらゆる職域にロボットが進出して人間を管理する時代になって、人間はどうやって生きていくのか、生きていけるのかという未来像は出さないのか？　やはりかならず「ロボット殺し」の時代がやってくる。「ロボット殺し」の天才が待望される時代がね。歴史は繰り返すだけだなぁ……。

**高山**　興味深いのは、ルゴフが、『プロヴァンスの村の終焉』（青灯社）という本で、南プロヴァンスの伝統社会がどのように変貌したかに着目し、三〇年かけて調査してきた内容を詳細に綴っていることです。同地方は、『南仏プロヴァンスの12か月』（ピーター・メイル著、河出文庫）で村の生活が取り上げられ、世界的ベストセラーとなり、その生活に憧れて世界中から観光客がやってきたわけです。その結果どうなったか。車が村のなかに入り、ホテルが建てられ、観光地化していった。新規住民が流入するいっぽう、土着の村民は流出し、それでもここで暮らすしかない人びとは、貧困と欠乏にあえぐようになって、伝統的な共同社会は壊れていく。村の古老がルゴフに、「俺の言うことを書いてくれ。俺が死んだら本当のプロヴァンス人はこの世に一人も存在しなくなる」と語っています。

僕が一番恐れていた世界が、思いがけない速度で現実のものになろうとしている。いや、もうそうなっちゃってるのかもしれません。人間には過去も未来もなくなり、たった今だけを輪切りに切り刻みながら生きることを強制される。歴史や懐かしい人との思い出や森林に分け入ったときの本能の喜びとか、非情で理不尽な負債を未来へ手渡さないための配慮とか、子孫や隣人への慈しみの心、そういったことに対してまったく想像力の及ばない世界が出現すると思うのです。

じきにAIのプランによって国家経営が実施されていくでしょう。人間は消費の道具としてしか見做《みな》されず、消費しなくなった途端にその人の生の意味や価値は閉じられてしまう。多少の困難や痛みが伴ったとしても、それでも生きるに値すると思える文明はどうにか今日まで存在してきたわけですが、それは人間同士が協同して生きていける現場があったからです。魂の漂流者となればまだしもいいけれども、そういう人たちは独自のコロニーをつくるようになるでしょう。大多数の人間は経済効率支配に精神も時間も奪われて、ひたすら消費し、自らも消費の道具にされる。神殺し、仏殺しの世界は、たいへんなニヒリズム、刹那主義の世界を招来するでしょうね。

**山折**　「たった今の瞬間しか生きられない」というのは、すでに仏教で「刹那滅《せつなめつ》」という言葉で言われている。世界は実在しない。瞬間瞬間、刹那ごとに消滅を繰り返している。だから現実は「空《くう》」だという考え方になる。真実はその「空」を乗り越えたところに存在する。今日のテクノロジーが極端に進化した果ての刹那主義とは、たいへん空しい世界なんだよ、と仏教ではすでに言っているわけです。ところがその当事者はそれを空しいとは思っていない。「刹那」が真実だと思っているわけでしょう。

**高山**　「今のこの一瞬をつかみとれ！」っていう広告コピーがありましたね。

**山折**　その一瞬はつねに消滅するということを理解しないと、本質的に批判できないと思いますね。ただ、この急速なロボット化の潮流を食い止めることができるのかと言えば難しいだろうが、仏教のリアリティは、そういう時代の本質を解き明かすには必要だと思います。サンスクリットでは「空」は何もないわけじゃない。言いようのない世界を「空」という言葉で置き換えているだけです。Nothing ではない。数学的な「０（ゼロ）」の概念は何もないということではないでしょう。むしろ「０」はすべての出発点であり原点である。そして万物創造のための「カオス」でもある。

**高山**　「０」がなければプラスマイナスの概念もありませんから。

山折　そう、「0」をネガティブにとらえているのは現代の技術で、「0」から何物かが創造されるというのは仏教的な考え方です。それにしても、ばらばらになったプロヴァンスはどこへゆくのか？　という話は、現代の日本も同じだよね。近代の恵みを享受し、生活も便利に豊かになったが、互助・共助は、ほぼなくなってしまった。戦後知識人は、村の寄り合いやご近所の助け合いを「個人の自我を無自覚に埋没させてしまうもの」として批判してきたけれど、伝統的な共同体が壊れたときに人は何を失うのか。

## 地方の死滅か、観光産業か

高山　僕は故郷の高千穂《たかちほ》（宮崎県）で、高千穂あまてらす鉄道という会社をやっているんですが、それで、ルゴフの言っていることがよくわかるんです。高千穂あまてらす鉄道に外国人が大勢来るようになった。外国人観光客の増大によってどんな影響があるかということについては、ルゴフが描き出した南プロヴァンスの共同体が崩れた先例を見ておかなくちゃならないと思っています。つまり、高千穂も、ルゴフが言っているように、田んぼや畑は観光資源としての見せかけの〝原風景〟になってしまうのか。

合掌造りで有名な岐阜県の世界遺産の村、白川郷に行ってみたことがあります。あの小さな村に、年間一八〇万人の観光客が訪れている。その多くが外国人なんですが、そこで僕が知り得た事実と感想をあげてみますね。
①高速インターができて、すぐ真下に村がある。
②巨大駐車場とそこへの古民家の移築、吊り橋が整備されて、名所になっている。
③地元行政が近くにホテルを誘致しようとしている。地元は反対運動を展開。共同社会に亀裂。しかし、地元の農民だけで観光客の受け入れは不可能。
④民宿を営む農民たちは、観光産業の一環として農民を演じさせられる。
⑤神話は書き加えられデザインされて、白川郷神話はやがて簡略に図式化された真実の神話となろう。

プロヴァンスどころではなくなってきています。

**山折**　地方は観光産業によって効率よく支配される。農業の商品化・ブランド化が進んでいるように、観光化されない名もなき土地は死滅する。しかし、死滅かブランド観光産業化か。どちらかの道を進むしか選択はないいんだろうか。

## 「互助」と「自助」

**高山**　心が痛みますが、残念ながら当面はどちらかを選ばざるを得ないと思います。ただ、たいへんな問題がすでに生じていますよね。源流部の村が消滅する以前に、すでに戦後の拡

髙山氏が社長を務める「高千穂あまてらす鉄道」

大造林から伐期を迎えているにもかかわらず、材価が外材に比べて安いために、放置されて、いわゆる「緑の砂漠」となっている山が増えている。洪水と山崩れの危険がマックスに達しています。これをなんとかしなければいけません。

生活のために都会に転出していった元住民は、先祖から受け継いできた自分たちの山がどこにあるのかもよく知りません。バイオマス発電所の原料となる木材チップをつくるために、杉の人工林がどんどん伐採されている山域もあるんですが、伐採後には苗を植えてやらなければ山はもちません。

そこで僕は高千穂で森林復興にあたろうと、地元の仲間たちと取り組みを始めています。山参会というNPO法人を起こしているんですが、近い将来、放置された私有林を町に寄贈してもらって町有林とし、源流の森づくりを町の事業としてやっていけないかと考えているんです。そうすれば洪水防止にもなるし、山崩れの危険も抑制できる。

五〇〜六〇キロメートル下流の海辺の町まで一本の川でつながっているんですから、海辺の町の人たちにも源流の森づくりに協力してもらう。昔は、川でつながっているという意識がたしかにあった。一つのコスモス（調和）が山と川を中心に展開していたと言ってもいい。これが実現できたら、きっと人間の意識は変わります。自分たちさえよければいいという時代は、そろそろ終わりにしなければなりません。

**山折**　高千穂で自助のコミュニティ（共同体）を復活するこころみですね。「自助」は「ご近所力」でもありますね。河川を媒介にした流域共同体の再生、というわけだ。

**高山**　「互助」というのは、まず「自助」がないと成り立ちませんね。僕が社長をしている高千穂あまてらす鉄道は、廃線になった高千穂鉄道の跡地を、「残せ、残せ」と運動して、やっと残してもらい、その片道二・五キロの線路の上を、軽トラを改造した車両に、満員で三〇名のお客さんを乗せて走らせている小さな会社です。おかげさまで今では名所になって、年間だいたい二万五〇〇〇人のお客さんが乗りに来てくれています。今年（二〇一七年）は二倍以上の勢いで、さらに売り上げ増が見込めるので、うちの会社を母体として山参会をつくったわけなんです。稼いだお金で山林復興をしようということで、自助互助の精神を育てていきたいと思っています。

**山折** 僕も秋に高千穂にうかがいました。小さなローカルでコミュニティをつくって、何らかの新しい仕事や雇用をつくっていく。それをどう豊かなものにしていくかということを模索する時代に入ったことは間違いないですよ。

この変動の時代を幕末に喩《たと》えるならば、中央の幕政改革よりも各藩が独自に行う藩政改革のほうが有効だったことを思い出すべきでしょう。小藩であっても自前の力で強く生き残る方法を模索すべきなんです。

**高山** 渡辺京二さんは、人間の尊厳は国家から独立したところにあり、国の行方など、自分の幸福とはなんの関係もない。人が努力して良いものをつくる、それが正当に評価される社会でなくてはならない、と言っていますね。それが「個人が個人として自立する過程」としての人類史なのだ、と。その前提にあるのは「他者への思いやり」だとおっしゃる。山折さんも同じ意味のことを言っておられるんじゃないかと思いますが、僕は、誰もふり向きもしないような、それでいて、それがあればみんながほっとして喜ぶようなニッチな世界を高千穂につくりたいと思っているんです。

## 向こう三軒両隣り

**山折**　世紀をまたぐ近代の終わりの過程で、日本人が失ったものについて話してきたわけだけど、東日本大震災をきっかけに、日本人が再認識したことがあると思うんだ。

　つまりね、二〇一六年三月に被災地を訪ねて、あらためて『「甘え」の構造』の著者の土居さんの指摘は非常にリアリティがあると実感したんです。東日本大震災の津波で大きな被害を受けた仙台空港のある岩沼市。ここはおそらく、岩手・宮城・福島の東北三県で、復興の町づくりをいちばん早く行った町だと思います。

**高山**　漁村だった共同体がそっくり高台に町ごと移転して、新しい住宅が建てられて、生活しはじめています。コミュニティとしての機能も回復しはじめている。おそらく復興の成果が最も顕著に現れた地域でしょう。

**山折**　岩沼市が復興計画に成功したのは、もともとの人間関係を大事にしたからです。自治会長さんたちに会って話を伺うと、向こう三軒両隣りの関係というか、旧町内の結びつきに基づいて移転したということです。それをやれた町は復興に成功したし、それがやれなかった町は、いつまでたっても話がまとまらなかったというんだ。それでね、旧町内のコミュニティを活かしてつくった新住宅では、隣りとの間に橋のような廊下状の連絡通路がつくられているんだよ。向こう三軒両隣りで行ったり来たりできるように。長屋的な工夫がいろんなところにほどこされている……。

**高山**　それはおもしろいですね。かつて一九六〇年代、都市近郊では、昔の長屋に代わってどんどん団地が建ち始めました。家庭ごとに水洗トイレや内風呂も備わった近代的な団地に入居したいとみんなあこがれたんですが、よく考えてみれば、団地は各戸別にベランダが仕切られていて横同士の行き来ができませんね。さらに今や、高層マンションの住民は、管理組合も成立しない状況になっていると聞きます。プライバシーや快適さは得たけれど、人と人との結びつきを喪失した。岩沼市の復興住宅では、半世紀経って、それを復活させたということですね。

**山折**　ああいう住宅のつくり方というのを初めて見たなあ。人が安心して信頼できる関係、「甘え」の構造、つまり信頼し合える関係の構築というのは大切だよ。日本人は近代をひた走って「個人」と「自由」を獲得してきた。近代の成長パラダイムがうまく回っているときはよかったけど、それがゆきづまった今、殺伐とした無味乾燥な「個人」と、自分のことは自分で処理する「自由」に変わってしまった。東日本大震災の後、「絆」とか「ささえあい」という言葉がすごく言われ出した。それを別の言葉で言うと、義理と人情を軸とする人間関係ということになる。

## ヒューマニズムより義理と人情

**高山**　まさしく、このあいだ、某所で対談したときに、それをおっしゃっていましたね。正義と不正義、善と悪、この二元論で物事を考えることを私は六〇歳からやめましたと。

**山折**　そんなこと言ったっけ（笑）。

**高山**　おっしゃいましたとも。この耳がちゃんと覚えています。「義理と人情。これにもとづいて行動すればたいていは間違わない」と。

**山折**　間違わないんだよ、本当に。還暦を迎えたころですから二〇年ぐらい前からですね。正義・不正義、善・悪――こういう基準で物事を判断することはもうやめようと思いました。正義というものがいかに様変わりしやすいものか。昨日正義だったものは、今日そうではなくなっている。善だったものが、いつのまにか悪にすり替わっている。正邪、善悪なんていうものを、人間とか世の中を判断する基準にしたら必ず間違う。それで私自身が間違ってきました。

さらに言うとね、正義とか善悪っていうのは、むしろ他人事《ひとごと》として言われてきたんですよ。われわれは理性的な判断、客観的な判断というものがあるとよく言う。そしてこれこそが普遍的な考え方であるという、その（近代的）理性の声の促しに従って物事を判断していると思っている。それなのにこれまで見てきたように、世界は間違ってばかりいるじゃないか。いったい正義の戦争と不正義の戦争があるのかといった問題にもなります。

　じゃあ、何を基準にしたらいいのか。それは義理と人情ですよ。義理と人情と言うといかにも古めかしい言い方だから、それをもう少し洗練させて、義と情。この両方に深くかかわっているのは人間の「思い」なんです。ふり返って僕は、義と情によって物事を判断して誤ったことはないなと気づいたんだ。親鸞は、「善人なおもて往生をとぐ、いわんや悪人をや」と、善悪の関係を逆転させてしまっている。正邪、善悪というものは究極の基準にはならないよ、ということを言っておられるような気がしますね。

　水俣の闘いにしても、石牟礼さんが『苦界浄土』で描いた、あの地獄のような状況での運動であって、恨みとか憎悪があって初めて闘いのエネルギーが出てくるわけで、それをヒューマニズムだとかきれいごとの言葉で説明すると、どこか嘘っぽいことになるんだね。渡辺京二さんが「義理と人情の戦いだ」と言ったのはその通りで、義理人情はまさに恩讐《おんしゅう》から出発する。しかし「恩讐の彼方」に抜け出ていくためには、善悪なんていうきれいな言葉では表現できない、どろどろした世界があるわけです。で、そう考えると、もっとも大事なのは、この義と情を回路とした「思い」の深さじゃないかと。そしてその、やむにやまれぬ思いの底から行動を起こすということですよね。これで間違うことはない。

近代が終わりを告げている今、われわれが何を反省すべきかということについても、このことが当てはまると思う。日本人が義理と人情を失ったところから、さらに言うと、それを小馬鹿にしはじめたところから、日本社会と日本人の精神の基盤がメルトダウンしていった。そこにことの淵源があると僕は思っている。だけどね、そのような経験のなかで近代の夢から覚めたことはよかったんですよ。問題は、じゃあこれからどういう精神で日本人が生き直していくのか。そのことを、岡潔《おかきよし》*7の言葉から考えたいんだ。

*7 岡潔 一九〇一〜一九七八。数学者。次章で詳述

# 第四章　近代の夢から覚めて～情へ

## 無明ということ

**高山**　現代の日本人は自己中心的に行動することを「個性」とか「自由」の発揮だと考えるようになったと批判したのが、数学者の岡潔です。

岡潔は、体調を崩したこともあって世間から距離をおき、大学の助教授を退いて和歌山県北部の父祖の地・紀見村（現・橋本市）に隠遁《いんとん》し、農作業をしながら研究に没頭しました。そうして、僕には何のことやら皆目わかりませんが、世界的難問とされた「多変数解析関数論」の未解決であった三大問題をとうとう解明したということです。ここ数年、彼の著作が再び脚光を浴びています。山折さんは、孤高の数学者と言われた岡潔のどういうところに興味をお持ちなんですか。

**山折**　岡潔は「無明《むみょう》」という言葉をくり返し述べています。岡さんが言う無明とは「ふつう我々が『自我』だと思っているものの本質」です。言い換えると、日本人が持たされるようになってしまった近代的自我ですね。それは結局「無明」だと言っている。ヨーロッパの個人主義・自由主義というものを、日本は取り入れようとしたわけで、とくに戦後、民主主義が鼓吹《こすい》されるにともなって、個人主義と自由主義が世界にあまねくひろがる原理であるかのように言われたわけです。

でもね、ヨーロッパの個人主義というのは、神と各々の個人との、タテの軸を通した契約をベースに成り立っているものです。岡さんは、一九六五年に行われた文芸批評家の小林秀雄との対談『人間の建設』（新潮文庫）のなかで、戦後民主主義を「個人主義が行き過ぎた」姿だ、と批判しているんだけど、キリスト教のような神のいない日本で「個人」をそれだけ立ててしまうと自己中心的になるのは当然の成り行きですよ。

ところで、近代以降の日本人は、内部に「ほんとうの自分」というものがあり、それが「自我」だと教えられてきた。「自我が強くなければ個性は発揮されない」などと言われるようになったが、それは仏教で言うところの小我であって醜悪なものだ、と岡さんは言う。彼に言わせれば、「ほんとうの自分」とか「自我」は「無明」のあらわれ、ということになる。

岡潔

## 「ピカソの絵には救いがない」

**山折**　たとえば『人間の建設』の冒頭で、岡さんは「ピカソの絵には救いはない」と、小林に語っているわけです。ピカソの絵について、「（ピカソは）男女関係の醜い面だけしかかいていません。あれが無明というものです」とも言う。僕は驚いたよ。そのときの岡さんのセリフが心に染みたわけなんだけれどね。

人には無明という、醜悪にして恐るべき一面がある。(中略)人は自己中心に知情意し、感覚し、行為する。その自己中心的な広い意味の行為をしようとする本能を無明という。(中略)自己中心に考えた自己というもの、西洋ではそれを自我といっております。仏教では小我といいますが、小我からくるものは醜悪さだけなんです。ピカソのあいう絵は、無明からくるものである

**高山**　人間が、何が何でも自分だけを第一に生きようとする世界を、岡さんは「無明」と言っているわけですね。

**山折**　西洋で言われる「自我」は仏教では「小我」だと。そんなもので絵を描いても、ピカソ自身も、ピカソを観る人も、喜びも救いも得られないというわけです。

**高山**　僕もこの対談は面白く読みました。あの小林秀雄が、岡潔の言葉の前でびっくりしている顔が思い浮かんできます。「芸術はくたびれをなおすもので、くたびれさせるものではない」「そういう絵をかいていて、平和を唱えたって、平和になりようがない」と厳しいことを言っていますね。岡さんは、「人の中心は情緒である」と説き、明治以降、日本人が持

たされるようになった「自我」を排し、情緒を回復することをしきりに訴えています。「情緒」というのが岡潔の核心なんだろうと思います。

## 科学的知性の限界——破壊と建設

**山折** 岡潔の発言で、僕がもっとも感銘を受けたのが、物理学のいちばん根っこの問題について、ずばり言っているところです。「いまの理論物理学が、原子爆弾とか水素爆弾をつくれたということでしょうが、あれは破壊」だと言っている。もう一つ、岡さんは、「今の科学者がやっているのはたんなる機械的な操作であってクリエーションではない」と言い切っている。

科学が人類の福祉に役立つと言われる。たとえば人類を細菌から守るというけれど、実際には破壊によってその病原菌を死滅させるのであって、建設しているのではないと岡さんは言う。科学は本当にクリエイティブなものは何もつくっていない。生命ひとつつくれないじゃないかということを、岡さんは「いまでも葉緑素はつくれない」という言葉で表現しています。生命の原初段階のものが葉緑素ですよ。葉緑素の光合成の働きによって、太陽エネルギーを栄養素という体内エネルギーに変換できるわけだ。地球上でそれができるのは植物だけなんです。原初段階というけれど、人間を含めて動物は皆、この植物の栄養生産に頼って生きている。最近、光触媒による人工光合成に成功したというんだが、実はそれで産み出されるのは、発電に使えるエネルギーだけであって、生命を再生産するものではないというんだ。

**高山**　原水爆から原発の問題に至るまで、科学のあり方を根源的に批判してきた岡さんが、もし生きていたとすれば、今の事態をどう語るんでしょうかね？

**山折**　岡さんは「人には野蛮な一面がまじっている」「科学することを知らないものに科学の知識を教えると、ひどいことになる」と言っていた。技術と科学をまちがえてはいかん、技術の進展だけを追求していくと、最後には人類を破滅させるものをつくってしまうという岡さんの先見というのはすごいものですよ。岡さんは数学理論で偉大な発見をしたんだけど、数学というのは数理と哲学の両方の側面を持っているわけです。それを岡さんはいわば両生類的に追究したものだから、京都大学にいられなくなったんです。

僕が『人間の建設』を読み返して改めて感銘を受けたのは、阪神・淡路大震災が起きた後だった。「人は自然を科学するやり方を覚えたのだから、その方法によって初めに人の心というものをもっと科学しなければいけなかった」と、岡さんが小林秀雄に語っていたのに接して、この人はまさに現代に生起する問題の本質について三〇年も前に言っている、単なる数学者じゃないと思ったね。だけど、僕が岡さんのことに触れても、ほとんどのメディアは注目しなかったんです。

東京の学術会議における講演で、僕が岡さんの発言を紹介したときのことです。質問の時間になったら真っ先に手を挙げたのが、以前、宇宙飛行士だった方で、「今の人文社会科学はダメだ、科学技術をもっと発展させないと」と言われる。僕は直ちに反論しましたけどね。「宇宙へ行くとほんとうが見えてくる」なんて言われるけどほんとかな（笑）。「科学そのものに倫理はない、科学技術のみを追求していけばいずれ人類は滅びる」と言ったのは、ノーベル物理学賞をとった湯川秀樹さんなんだが、のちに氏は初代原子力委員を辞任しました。朝永《ともなが》振一郎さんもそうで、今は益川敏英さんが、積極的に警告を発している。だけど、近年の日本人ノーベル賞受賞者は、理論物理学でなく応用技術の成果でとっている人が多い。ということは、やはり世界の流れが技術一辺倒になっているんだよね。iPS細胞の山中伸弥さんにしても、すごいものを発見したとは思うけれども、その先に生命倫理の大きな難問が待ちかまえている。

**髙山**　iPS細胞は、ヒトのどんな細胞にもなれるわけで、理論的には精子や卵子もつくれてしまう。だから、同じ遺伝子を持つクローン人間を誕生させることがいずれできるようになるとされています。

## なぜ、いま岡潔が再評価されるか

**髙山**　心を失い、経済と科学技術の発展に猛進する日本社会を鋭く批判した岡潔の随筆集『春宵十話』(一九六三年〔二〇〇六年、光文社文庫〕)などが、半世紀を経て再び読まれている理由がわかる気がしますね。『数学する人生』(新潮社)には、岡さんが晩年京都産業大学で行った未刊行の最終講義が収録されています。編者の森田真生氏が岡さんの思想の根幹を的確にまとめて、「序」でこのように書いています。

　人は本来、ただそこにいるだけで懐かしいのだと岡は言う。「懐かしい」というのは、必ずしも過去や記憶のことではない。周囲と心を通わせ合って、自分が確かに世界に属していると実感するとき、人は「懐かしい」と感じるのである。だから、自他が分離する前の赤ん坊にとっては、外界のすべてが懐かしい。その懐かしいということが嬉しい。／生きているという経験の通奏低音は「懐かしさと喜び」なのだ。

「懐かしさ」は「親和感」と言ってもいいでしょう。それは世界に私が受け入れられた、私も世界を受け入れたという一体感であり、互いが互いを思いやる状態のことです。以前、山折さんからうかがった、赤ん坊が生後一八ヵ月前後で初めて全身運動を開始する、そのとき「1（イチ）」を体得するという岡潔の話を思い出しました。生物から人間になっていく過程を岡さんが観察していくところを、山折さんがたいへん面白く見ていらした。全身運動を始めたその瞬間、つまり「1」を知ったその瞬間、個と世界の調和が成立する。たしかそのようなお話でしたね。

**山折** 人間が（自然数の）「1」をいつ、どの段階で体得するのかということが、岡潔のそもそもの疑問だった。それを岡さんは孫を観察していて発見する。だいたい一八ヵ月くらいで「1」を理解する。このときに赤ん坊は同時に全体というものも発見していると僕は思ったわけです。「懐かしさ」とは世界との一体性、その結果としての全体性の融合ということでしょう。

たまたま自分の仕事でヘレン・ケラーのことを調べていて気づいたことがある。彼女が熱病にかかって視力・聴力を失ったのは、生後一九ヵ月めだったんだね。そのとき僕は、ああ彼女はそれまでに「1」を発見していたんだと岡理論から思ったわけ。社会、人々との一体感、全体性、宇宙というものを、そのときに理解していたんだ。だからサリバン先生が、流れる水を触らせ、water と彼女の手のひらになぞったその一瞬で彼女は世界像をとらえることができた。逆に言うと、全体性を理解していないと、人間はただの動物のレベルというか、それ以下の存在なんだな。

そう考えてみると、岡潔は数学者だけれど、ただものじゃないよね。まさにほんものの哲学者と言っていいくらいだね。

**高山**　岡さんのこの文章を読んだとき、僕は自分が一歳と二ヵ月のころの記憶を思い出しました。本当にきれいに晴れあがった五月の朝でした。僕は二階の屋根から庭に落っこっちゃったんです。落ちても妙に落ち着いていて、泣きませんでした。そのとき母親は一階の炊事場で洗いものをしていた。祖母は風呂場で洗濯をしていた。玄関の戸が開いていたので、全部見えるんです。僕は、空とか庭の緑とかをじーっと眺めてましてね、感じたんですよ、それを。岡潔の「懐かしさと喜びの自然学」を読んで、あのときの感情をまざまざと思い出しました。母親が、あっと驚いて走り出てきた。祖母も駆けてきた。そして母が「大丈夫か、ケガはないか」と言って「このことはお父さんが帰ってきても言わないでおこう」と祖母と話している。それも全部聞いているんですよ。

今、思えば、その瞬間に感じたのは「懐かしさ」でした。落ちた瞬間には泣かなかったのだけど、抱っこされた瞬間、僕はびーと泣き出した。いつまでもその不思議な、満ち足りた感情に浸っていたかったんです。その記憶も鮮明に残っています。二階から落ちたのはそれがいつだったのか、僕は自分では一歳半くらいだったと思っていたんですが、最近母親に聞き直してみると、一歳と二ヵ月のときだったそうです。

**山折**　あなたの場合だって、覚えていないだけで、それより以前に先ほど言ったように全身運動はすでに経験済みだったのかもしれない。生後何ヵ月だとかいうことにあまりこだわる必要はないんだよ。二階から転げ落ちたという衝撃的な体験、大地との一体感、人との一体感というのはそういうショックによって生まれているわけだから、岡理論が否定されることはないんだ。

**髙山**　その経験を僕はずっと忘れられませんでした。あのとき感じた世界との一体感のようなものをもう一度味わいたいと、ずっとそう思いながら誰にも言わなかったんです。中学生になって初めて母親にその話をしたら、「誰から聞いた?」と逆に問われて、ああだったこうだったと自分の記憶を打ち明けたら、母はそのときは「おまえはまだ一歳にはなっていなかった」と言っていたんですがね。ドストエフスキーが『悪霊』のなかでキリーロフに言わせていますよね。「ある数秒間がある、(中略)永久調和の訪れが実感されるのだよ」と。まさにそんな感じでした。山折さんもそういった体験をお持ちなんじゃないですか。たとえば、インドでハンセン病の人たちと川に入ったときとか。

**山折**　ガンジス河中流域のラージギル(王舎城)というところでね。そこは仏陀が伝道した聖地で、ガンジス河沿いの街の真ん中に温泉場があるんです。ハンセン病によって手足の変形したような人や皮膚の感染症にかかっている人が、心身の癒やしのために入浴していた。男女混浴で、女性はサリーをつけて、男性は下着をつけて入る。じつは最初、僕は入浴をためらっていたんだが、おまえは何のためにインドに来たんだ、という天の声が聞こえてね。知人の誘いもあって入った。湯船の底に裸足がふれた瞬間、何かフワッと柔らかい、広々とした大地を感じたね。温かい、身体の芯にしみとおるような、すばらしいお湯でした。足の裏に触れたのは細かな、これまた温かい砂地で、あの砂の感触は、いまも懐かしく思い出されます。

**高山** 岡さんの場合は、和歌山の山林に隠棲して百姓をやってたでしょう。畑を耕して土とふれあっていた。自然にふれて、虫たちの営みに親しんでいる。そのなかでコスモスを発見した。今の知識人たちは、自然に接しませんね。本来の労働というものにも。「労」という字は「いたわる」と読みますよね。キリスト教にはそうした発想はありませんもの。

**山折** 「種蒔《ま》く人」だからね、ヨーロッパは。神に祈りながら働く。勤労する。苦しい労働をする代わりに神の恵みが与えられる。それに対して日本はそういう考えもないわけではなかったが、伝統的に、どちらかというと労働を喜びとし遊びとするという労働観・仕事観が強かった。そういうところにも何か生き方のヒントがあるような気がするね。

## 情は時空を飛び越える

**高山**　岡さんは最終講義でこんなことを言っています。

大宇宙は一つの心なのです。情だといってもよろしい。その情の二つの元素は、懐かしさと喜びです。春の野を見てご覧なさい。花が咲いて、蝶が舞っているでしょう。どうして蝶が花のあることがわかって、そこへ来て舞うのでしょうか。／花が咲くということは、花が咲くという心、つまり情緒が形となって現れるということです。その花の情緒に蝶が舞い、蝶の心に花が笑む。情には情がわかるのです。情の世界に大小遠近彼此の別はないから、どんなに離れていてもわかり合うのです。

こんなことをふつうの数学者は、まず言いません。情は時空を飛び越えると言っているわけですから。こういう想像力は、日本の知識人にはもちえないでしょう。

**山折**　ふつうの近代的知識人ならば、「何だ、オカルト的な思い込みか」「花が咲くという心があれば花が咲くなんて唯心論だ」と言って一蹴するだろうね。岡さんは微細な観察をする科学者なんですよ。日常的にものを観察している。岡さんの写真で、虫や葉っぱを観察しているうちに夢中になって座り込んでいる姿があるよね。それと対照的なのは、西田哲学を立てた西田幾多郎[*1]ではないかな。西田は、岡さんと同じ京都大学で教鞭をとっていたから、緑豊かな川べりの「哲学の道」を歩いていたはずなんだけど、見ていてどうも自然や宇宙を観察するタイプの哲学者ではなさそうだ。「歩く哲学者」と言われた人だけどね（笑）。

日本の哲学というのは圧倒的に頭のなかで抽象的な世界に観念を凝らして考えつめる。西田哲学はその他大勢の哲学とは違うし、禅を研究し、座禅と瞑想に打ち込んだ人ではあるけれど、岡さんとはまったくタイプが違うね。岡さんが飽きることなく自然を観察しつづけてそこに小宇宙を体感し発見したことと、数学というものに根ざしている宇宙のコスモスを発見することは通底していると僕は感じます。そのうえで岡さんは、宇宙というコスモスのなかで生かされている自己を発見しているわけです。

**高山**　これもまた僕の個人的な体験なんですけれども、何年も前、栃木県の足尾に行ったんです、辺見じゅんさんといっしょにね。足尾鉱山は一九世紀末に銅の大鉱脈が発見されて以来、鉱毒が垂れ流され続けたところです。鉱毒の甚大な被害を受けて廃村になった松木村という源流部の村があって、亜硫酸ガスとそれを含んだ水によって、山の草木は枯れ、山肌が露出して、石も真っ黒くなってしまった。多くの村人が亡くなりました。そのあたりの山は一〇〇年かけて植林してきたけれど、何度も台風や雨に流されて失敗していた。ヘリコプターで草の種を蒔いたりもしたんですが、ことごとくダメ。結局、露出した岩肌に石垣を組んで、そこに土を盛って、段々畑みたいにして、苗を人の手で植えていくという根気のいる地道な方法を採りはじめたら、木々が育ちだした。まだ樹齢一〇年くらいの若木で、細いんですけれども根付いていました。

僕が行ったのは風花の舞う三月の寒い日でしたが、そのとき驚いたことがあるんです。空を見上げたら、空の高いところにクマタカが飛んでいた。案内してくれた役場のOBの方に「タカがいますよ」と言ったら、「えっ、ああ、あれはクマタカです」と言ってすごく喜ぶんです。つまり、タカがいるということはタカの餌がここにあるということで、食物連鎖の王国が復活しているわけです。ツキノワグマも戻ってきて今は冬眠中だというんです。よく見ると、山肌をウサギが跳ねている。あれだけ自然がひどい目に遭わされたにもかかわらず、岡さんが言うように、はるかかなたから生き物たちが、情を通じたようにこの土地にやってきてるんですね。

**山折**　エコロジーの人たちが、よく「自然との共生」と言うけれど、そんな甘いものではないんでしょうね。本来、生態系は食物連鎖系とともに形成されるもので、人間もその上位の

＊1　西田幾多郎　一八七〇〜一九四五。哲学者。一九一一年刊行の『善の研究』で注目された

一部だったが、足尾銅山鉱毒事件のように、明治の日本は急速にそれを破壊していった。岡さんが言っているのは、もともと生態系のなかにいた人間が、そこから離脱してそれを自由気ままに操作できる対象だと思い込んだ近代の夢＝錯覚から目覚めろ、ということですからね。

**高山**　岡さんは、「人というのは、大宇宙という一本の木の、一枚の葉のようなものです。（中略）逆に、宇宙という一本の木の一枚の葉であるということをやめたなら、ただちに葉は枯れてしまいます」と言っています。つまり、人間は宇宙という幹にある一枚の葉っぱみたいなもので、〈幹＝宇宙〉がなければ〈葉＝人間〉は生きられない、と言っているわけです。阿部次郎[*2]の『三太郎の日記』（角川選書）の一節「自覚とは因果の連鎖の中にある一つの環が自ら第幾番目の環にあたるかを悟ることである」という言葉を思い出しました。

**山折**　まさにその通り。因果とは宇宙、大自然。自然とつながっていることを自覚せよということですね。それを岡さんは「自己の本然に生きる」という言葉で表しています。

**高山**　ＩＴと人工知能によって、人間の労働現場が奪われ、精神労働までロボットに担われていく。まだ何らかのかたちで地方に残っていた伝統的な共同体も崩されていく。これは日本だけではなくて、世界が壮大な変動期を迎えているということです。

そのなかで、われわれ日本人は、これからどのように生きていけばよいのか。そのことを山折さんと語りたいんです。立ち戻ることができるんでしょうか。日本人は忘れっぽいでしょう。岡潔が再ブームだとか言われると、そのときは危機意識をもって読むけど、また忘れちゃう（笑）。

**山折**　ところがね、本来のあり方というのは、僕らの伝統的美意識のなかに残され、受け継がれているわけで、岡潔はちゃんとその手がかりを示していると思うよ。

## 自然と生命のリズム

**山折**　岡さんは、歌や俳句を好んでもち出していたでしょう。芭蕉の句集をいつも携え、道元の『正法眼蔵《しょうぼうげんぞう》』をくり返し読んでいましたね。岡潔がたびたび書き留め、引用しているのが道元の和歌です。

春は花　夏ほととぎす　秋は月　冬雪さえて　すずしかりけり

岡さんが尊敬してやまない道元は一二四七年、執権北条時頼の招きを受けて永平寺から鎌

＊2　阿部次郎　一八八三〜一九五九。哲学者。夏目漱石に師事し、美学者としても知られた

倉へやってきたとされるが、この歌はその時期、時頼の妻と面会した席で詠《よ》んだものとも言われている。それからほどなく道元は永平寺の山のなかに戻ってしまった。この和歌には詞書《ことばがき》がついていて、難解な『正法眼蔵』の精髄、つまり「未来の面目」を和歌の調べに移して詠んだのだと記されている。

**髙山**　和歌の調べに移すというのは？

**山折**　夏目漱石も近代的自我の明暗をテーマに小説を書き続けた人だけど、晩年の漱石は、午前中に小説を書き、午後になると漢詩や俳句をつくり、絵を描いたりしていた。明治の近代化によって日本社会は根本的に転換させられた。近代が深まれば深まるほど人が自然と離れていくということを感じていた。どんな偉い人も、本来の生命リズムをその近代の毒に中《あた》ってかき乱される。漱石だって、もともと人間が持っている生命のリズムを保つために努力するわけじゃない？　われわれの社会が融解していくスピードだって、予測をはるかに超えて加速している。

どうすれば人が自然との一体感を失わずにいられるか。それを考えつづけた岡さんが、芭蕉の句集や道元の書をつねに携えていた意味がわかるような気がする。岡潔はこの歌を、「人本然」の生き方ととらえています。それは大自然とふつうにつながっている。そして、人の心も、時と場合によって位置を変えながら、自然や宇宙のリズムになりかわる、と解釈している。

**高山**　道元は和歌の調べに移して、未来のわれわれに「人と自然の一体感を忘れることなかれ」と伝えようとした。そうおっしゃりたいわけですね。岡さんの感性が、その伝言を受け止めたのだと。「日本人はいにしえの心をもう一度取りもどさなければ」と岡さんは言い、世界もそうあるべきではなかろうかと言って、そうしなければ二〇〇〇年もしないうちに世界は破滅すると予言しています。

実際、汚染水タンクで埋め尽くされようとしている福島の光景は、かつてあった自然から遠く離れて、近代の沃野《よくや》果つる所とも言うべきものでした。岡さんは、「自然は心の外にあるんではなく、心のなかにこそあるんだ」と言っていますが、まさしく、自然のサイクルと共に生きてきた日本人の感性が、内部から失われたと感じました。

## 言葉と想像力をめぐって

**高山**　明治維新から、近代国家へと急速に舵を切って以来、日本は、いくたびもの他国との戦争によって、国民国家というものの内実というか、かたちをつくってきたと思います。外に敵をつくることで、自国内に統一的な国民意識を植えつけていったわけですからね。しかし、これまで話し合ってきたように、失ってきたものも計り知れないほど大きかった。

詩人の田村隆一[*3]が「地図のない旅」というエッセイで、たいへん重要なことを言っています。これは戦後書かれた文章ですが、「半世紀の間に、二つの大戦を経験しなければならなかったわれわれの文明が、この地上でもっとも破壊したものはなんでしょうか」と問いかけて、無数の人間、おびただしい物量、多くの都市や寺院、その他破壊は様々なものに及んでいるが、「あなたが詩人なら、それは言葉と想像力だときっと答えてくれるでしょう」と述べている。

これまでにはあり得なかった世界規模の戦争を立て続けに二度も起こし、そのうえ原爆をはじめとする大量破壊兵器の開発とその使用によって、一度に何万、何十万もの人間を殺傷するに至った人類は、もはや言葉と想像力をもって愛と理解に満ちた望ましい世界を思い描くことが容易にはできなくなってしまった、と田村さんは言いたいのです。

言葉と想像力は、本来、愛と理解に満ちた世界をたどるための道具として人間に付与された特性であったはずなのに、その世界は暗黒に塗り固められてしまった。これからわれわれの言葉と想像力は、どんな精密な安全保障で守られたとしても、未知で危険な「地図のない旅」を強いられる。鮎川信夫[*4]は田村さんのエッセイに鋭く反応して、「(言葉と想像力の) 破壊は今なお続いていると言えないか」と言っている。

天変地異は人類史において常態であると言っていいでしょう。ですが、チェルノブイリから四半世紀後の日本で起きた壮大な原発事故は、ふたたび彼の言葉を思い起こさせました。一般の人は日々を生きるのに精いっぱいで、こんな言葉を知っても、自分たちはそれどころじゃないと言うでしょう。日常生活では何の役にも立ちませんからね。でも、巨大地震の前に自然界の生き物たちが異常行動をとってみせるように、詩人の直観力は、われわれの魂にとって、世界の危機と人間の本質を衝《つ》いたロングレンジの警鐘だと思います。

**山折**　その言葉と想像力については、僕も考えていたことがある。戦後間もなく、評論家の唐木順三*5が『自殺について　日本の断層と重層』（一九五〇年、弘文堂）という挑戦的な文章を書いている。そこで唐木は、『きけわだつみのこえ』（一九四九年）を批判しているんだね。『きけわだつみのこえ』は、ご承知のように、死を前にした、あるいは死を引き受けるときの学生たちの遺書です。そして、その学徒たちが綴った手紙の最後には、必ずと言っていいくらい和歌が詠まれています。それを唐木は、戦没学生らは、あの悲惨な戦争の問題を

＊3　田村隆一　一九二三〜一九九八。一九四七年に詩誌『荒地』の創刊同人として詩・評論を発表
＊4　鮎川信夫　一九二〇〜一九八六。詩人。田村隆一らとともに『荒地』を創刊。詩人の戦争責任論争などを巻き起こす
＊5　唐木順三　一九〇四〜一九八〇。京都大学で西田幾多郎に師事

論理的に追及することを途中でストップし、言葉や思考力を通して批判することを回避し、それを一種の短歌的抒情によってのりこえようとしている、つまり解消してしまっていると批判しました。論理的な思考が欠如した言葉しか最期には残していない。なぜ、短歌的抒情なのかと。

## 万葉の挽歌を生んだ感性

**山折**　『きけわだつみのこえ』に対して唐木が比較しているのが、『ドイツ戦殁《せんぼつ》学生の手紙』（岩波新書）です。第一次世界大戦のドイツの戦没学生らが、戦場で死んでいく前に、最後に父親や母親に送った手紙を集めたもので、日本では一九三八年に翻訳が出ています。ドイツ学生たちの最期の言葉は、多くの場合、戦争の悲惨さを訴え、なぜ人間は戦い、人を殺さなければならないのか、その悲鳴のような言葉を書き綴って、そのまま言葉が途切れているというんです。

　僕は短い青春時代しか持たなかった。ほんとうに愛することさえ出来なかった。／この恐ろしい戦争はもう僕を老《ふ》けさせた。僕の身体は成るほど戦場に出てはじめて風雨に耐え得るようになり、僕の筋肉は鍛えられたが、精神は一層強くなってはいない。毎日死の灼きつくようなうつろな眼を見、悩み諦めた死者の顔をこんなに度々見るものは、如何にも気丈にはなるが、老《ふ》けてしまう、非常に老けてしまう。それは僕を悲しませる。愛する昔馴染みの戦友よ。

日本とドイツの学生の手紙を比較して、唐木は、日本の若者たちは戦争という悲劇的な状況のなかで、言ってみれば、抒情に逃げているという言い方をしているわけです。言葉の力によってそれを最後まで考え抜くという態度が欠けていると批判している。なるほど、それはそうかもしれないなと思って、僕はその唐木順三の説を頭に残しておいたんです。『自殺について』は名エッセイだとずっと思っていました。

ところが、還暦を越えるころだろうか、唐木順三の考えは、もしかすると違っているんじゃないかと思いはじめた。それは日本の古典のリズムの強さ、すごさ。つまり、日本人の死生観の根本にあるのは、短歌的抒情によって死を引き受け、死を乗り越えていく、そういう人生観こそが、日本列島で太古の昔から人が身につけてきた感性なんじゃないか。万葉の歌には、相聞歌《そうもん》（恋の歌）と挽歌（死者を悼《いた》む歌）があるけれど、まさに万葉の挽歌という歌の調べをつくりだしたのはそういう感性なんじゃないだろうか、と。これは日本人における言葉と想像力について考える場合、きわめて重要なテーマであり、その負の側面だけを見ていると、日本と日本人の運命あるいは行く手についての想像力を放棄してしまうことにつながりかねない、とね。

**髙山**　でも、たしかに『きけわだつみのこえ』には、最後は両親や兄弟に別れを告げる和歌がたくさん詠まれてますけど、たとえば戦犯として処刑された人の文章なんて、まさしく戦争と軍隊の不条理を克明に告発しておりますよ。身に覚えのない罪を着せられて刑場に赴く直前まで文章を綴っていて、最後は晴れやかなほどの覚悟でそこへ向かってゆく心に戦慄を覚えました。ご両親に届けられるかどうかもわからぬ文章を書いて、刑場の露と消える間際に、やはり日本人の感性は和歌の調べに移して心を解き放ちたくなるのですよ。あれは悠久の旋律ですよ。

## 演歌のリアリズム

**山折**　三・一一東日本大震災の一ヵ月後、僕は三陸海岸を訪れて、その惨害を前にして言葉を失いました。眼前に無数の遺体が投げ出されていた。そのとき真っ先に浮かんだのが大伴家持《おおとものやかもち》の歌でした。

海行かば　水漬《みづ》く屍《かばね》　山行かば　草生《くさむ》す屍　大君《おおきみ》の　辺《へ》にこそ死なめ　かへりみはせじ

第二次世界大戦が始まったとき、僕は小学校四年生、敗戦が旧制中学二年で、その間この歌を聞かされつづけてきました。家持が詠んだ古代万葉人の心情からすれば、たんに屍《しかばね》が陸《おか》や海に投げだされたというだけでなく、その屍のかなたに死者の魂を、その行方を想像することができていたはずです。まさに鎮魂と慰霊、死者の魂に向かっての歌です。日本の第二の国歌にしていいと思うくらい素晴らしい歌だと僕は思っています。

ところが戦後、この歌は、後半の「大君の　辺にこそ死なめ　かへりみはせじ」でつまずくんですね。天皇のために命を差し出しても後悔しないという意味ですから、天皇の戦争責任問題にも結びつけられかねないとして、メディアでも取り上げられなくなった。戦後、小野十三郎《とおざぶろう》＊6らが、和歌《やまとうた》の日本的美意識を「天皇制ファシズムの温床だった」と批判し、和歌は「奴隷の韻律」だと主張され、排斥論がつづいていくわけです。

しかし、この抒情とその言葉こそが、死にゆく人間たちの魂を究極的に弔う、おそらく死んでいく者たちが最期に頭に、身体に思い浮かべながら死んでいった旋律であり、言葉だろうと僕は思う。『きけわだつみのこえ』と『ドイツ戦歿学生の手紙』を単純に比較して、日

＊6　小野十三郎　一九〇三～一九九六。詩人。アナーキズム詩運動の中心的存在

本的抒情を否定するのは、やはり、あまりに短絡的であり日本人の自己認識としては納得できない面がある。

また、戦後の現代詩というのは、七五調の音律と結びついた短歌的抒情という、われわれの伝統的な言葉のリズム、生命のリズムというものを批判することから始まったわけでしょう。まさに田村隆一にしても、鮎川信夫にしても、現代詩の旗手と言われている詩人は、短歌的抒情の世界、短歌という言葉の世界を否定するところから出発していると僕は受け止めているんです。だから、「戦争によって失ったものは言葉と想像力だ」と言われても、失われたのは現代詩人の言葉とその影響力だなと思うわけで、この日本列島には、古代からそれなりに独自の言葉と想像力はあったんだと、私は思うようになったんです。

**髙山** 田村さんも鮎川さんも、ことさら短歌的抒情の否定から出発したわけではありませんよ。一〇代の不良少年だった彼らの感受性に訴えかけてきたのが、英国のT・S・エリオット[*7]の『荒地』だったわけで、短歌とは出会わなかったということでしょう。短歌的抒情の否定は、小野十三郎の「奴隷の韻律」論が強烈ですが、これには戦争協力詩歌を書いた歌人や詩人たちへの批判が根底にあります。伝統的な日本人の情感に心地よく訴えかける五七調や七五調のリズムを用いて郷愁を喚起するリリシズムのことを「奴隷の韻律」と言ったのです。田村さんや鮎川さんは、戦後の暗黒世界を旅するには、そうした心地よい短歌的抒情では太刀打ちできないと考えたわけです。戦前から実験的に書いてきた詩の言葉をさらに研ぎ澄ませていかざるを得なかった。そういうことだと思いますよ。

**山折**　それは、このへんで髙山さんの世代と、昭和一ケタ世代との間に亀裂が入ったと言ったら、言い過ぎかな、しかし面白いねえ（笑）。『「歌」の精神史』（中公文庫）にも僕は書いたけど、万葉以来の記紀の文学や和歌を切り捨てることは、太古からこの列島に生きてきた人びとが持つ生命律（生命のリズム）を喪わせるものです。ぼくは和歌《やまとうた》にある日本的抒情を大切にしたい。『古今和歌集』の序文で紀貫之《きのつらゆき》が書いているでしょう。「やまとうたは、人の心を種として、万《よろず》の言の葉とぞなれりける」。和歌を詠めば、「力をも入れずして、天地を動かし、目に見えぬ鬼神をもあはれと思はせ」ることができると。折口信夫が神託や呪詞に起源をもつ和歌には呪術的性格があると言っているように、やまとうたには言葉の力が宿っていると思いますね。

もっとも僕は、「和歌」には戦争「協力」、戦争「讃美」の歌にしばしば見られるように、国家や社会を悲惨の淵に沈ませるような怪しい力がそなわっているが、大衆の好む「演歌」

＊7　T・S・エリオット　トマス・スターンズ・エリオット。一八八八〜一九六五。イギリスの詩人、劇作家

にはそのような国家の浮沈にかかわるような、国家を危うくするようなものとは関係のない、人間的なリアリズムがどっこい生きているとも言っているんだよ。ひと口で言えば、「和歌」に対する「演歌」の優位性です。

**髙山**　山折さんの話を伺っているうちに、僕も『万葉集』や『古今和歌集』を読みなおしたくなってきました。日本古来の歌の調べを声に出して読むと、たしかにその生命の波動のようなリズムは、西洋文明圏・中国文明圏とは異なるものであることがわかります。それを取り戻してこそ、「自己の本然」に到達することができるのかもしれません。『万葉集』には主語の一人称がない」ということと、岡潔が「自己を捨てよ」と言ったことは通じていますね。

じつは僕は、今の日本社会がメルトダウンしていることに関連して、「生きる」ことと正反対に思われがちな「死ぬ」ということ、すなわち死生観も壊れかかっているんじゃないかと思っているんです。

# 第五章　土に還る——日本人の死生観

## 脳死・臓器移植への違和感

**高山**　一九九〇年代以降、日本人の死をめぐる意識が、ずいぶん変化したと感じます。以前、脳死と臓器移植を取材して、『いのちの器』（一九九七年〔二〇〇三年、角川文庫〕）という短編集を書いたんですが、このなかに心臓移植を拒否する若い女性の話があります。

心肺同時移植でないと助からない難病を背負った一人の少女がいて、彼女は、医者をはじめとするさまざまな人たちに支えられて生きつづけてきた経験から、日本の臓器移植の発展のために実験台になってもよいと考えていました。それで日本での臓器移植にこだわったのですが、周りのいろんな人の思惑で、海外で移植を受ける方向に進められそうになったんです。ところが結局、彼女は臓器移植を拒否します。母親の「私が脳死になったら心臓でもなんでもあなたにあげる」という言葉を聞いて「そんなの嫌！」と言う。そして彼女は、「誰かの死の上に自分が生きるということは受け入れられない」「与えられた命を全うしたい」と考えるようになりました。

それに対して、彼女と交流のあった歌手の長渕剛が、「人は生きている限り生きる努力をすべきで、命を永らえるチャンスがあるならば移植手術を受けるべきだ」と言ったんですが、彼女はそれも拒否して、手術を受けないまま、告知された年齢を超えて三〇歳を過ぎて亡くなりました。

**山折**　根源的な問題は、まず「いのち」とは何か。二つめは、脳死は人の死なのか。三つめは、臓器移植の是非。僕は臓器移植を「命のリレー」と美化することには批判的なんです。僕はこれまでに胃を切ったりして二度大きな外科手術を受けています。だから自分がこの歳まで生き延びてこられたのは、現代医学のおかげであり、それは否定できないし、それには非常に感謝している。だけど、脳死や臓器移植が話題になったとき、理屈ではない違和感をもったのです。幾世代にわたって受け継がれてきた、人生の終わりになされるべき「死の作法」が、ないがしろにされてしまうと感じたんです。

**髙山**　一九九七年の臓器移植法で「脳死を人の死」として法制化しましたね。臓器移植推進派が多数を占める脳死臨調では、人の死亡時刻を早めドナーを増やして、臓器移植を促進しようと考えていた。このとき委員に入っていた梅原猛さんが、臓器提供する本人の生前の意思を確認し、遺族がそれを認めた場合のみ脳死を死と認めるということを法案に盛り込ませたわけです。ところが、二〇〇九年にこの法律が改正されて、本人の書面による意思表示がなくても、家族の承諾で移植ができることになりました。一五歳未満の子供からの脳死での臓器提供を可能にしたわけです。

**山折**　『いのちの器』のなかで、自分の愛する子供が脳死臓器移植によって救われるのであればなんとしてもと、望む親の気持ちはわかる。「救われる命がある」という。

ただ、臓器移植の現場においては、臓器移植のドナーと提供されるレシピエントのあいだのコーディネーターが、脳死の段階にある人の家族に「早くあきらめなさい」「待っている人がいる」とせかせているような現実がある。この世を去る患者と家族とのあいだに流れたはずの静かな時間と空間が奪い去られてしまうことが、本当に人にとって幸せの感覚をもたらすものなのか。僕は懐疑的です。

**高山**　この問題の底に流れているのは、「生」を価値あるものとし、「死」を無価値なものとする近代主義だろうと思うんです。その話は後でしたいんですが、臓器移植とかかわって、やっと最近、カズオ・イシグロ[*1]の『わたしを離さないで』（ハヤカワｅｐｉ文庫）という小説を読んでみたんですよ。

**山折**　僕は読んでいなかったな。聞かせてください。

## クローン人間は人を愛するか

**高山**　これは臓器移植に供されるクローン人間たちの物語なんですが、時代設定は一九九〇年代末のイギリス。でも、近未来小説みたいなものです。緑豊かな村に寄宿施設がある。そこで暮らす生徒は臓器提供のために人間から複製されたクローンで、幼少期から一六歳までの期間をその施設で過ごす。彼らは誰がお父さんかお母さんかわからないわけです。
　でも、やがて気がついていくんですね。自分たちはいつか他人に臓器を提供しなければいけない、そのための存在だということに。いわば臓器牧場の家畜なんですね。彼らは臓器提供の手術を受けて、回復室で介護され、回復したらまた手術を受ける。生徒たちは、ほぼ二〇代半ばくらいで皆死んでしまうんです。
　そこに介護人の少女が登場するんですが、彼女もクローンです。回復室の少年と介護人の少女が愛し合ってセックスをする。だけど彼は四度めの臓器提供手術を受けることになった。それは死を意味しますから、施設をつくった人に延命を嘆願しに行きます。最終シーンは、だけど私たちにはどうすることもできないと宣告されるんですが。小説の原題『Never Let Me Go』とは、人間としての願望、つまり生存したいという願望について言っているのだと思いました。

**山折**　クローン人間が互いに愛し合うということですね。介護をする・される関係性のなかで。

**高山**　そうです。彼らは施設で物語を読んだり絵を描いたりします。いい絵を選んで展示室

＊1　カズオ・イシグロ　一九五四～。長崎出身の日系イギリス人作家

にもっていくマダムがいる。実はそのマダムこそが施設をつくった人です。その寄宿施設は国から閉鎖させられる。愛し合うクローンの二人は、手術延期を頼みにマダムのところへ行って、私たちは愛し合っているんですと伝えるんですが、「えっ？　あなたたちが愛し合っている？」とマダムは驚く。「クローンが愛なんて感情をもつわけがない」と。でもそのマダムも、彼らが描いた絵画に溢れる豊かな感情に見入っていたわけですね。実によくできた小説です。この作家は長崎で生まれています。お父さんもお母さんも日本人で、五歳のときにイギリスに渡ってそのままイギリスで暮らしています。

**山折**　臓器提供のために複製されたクローンがいい絵を描き、愛し合う。カズオ・イシグロの想像力というのはたいしたもんだな。彼は絶望を見ている……。

**高山**　おそらくそうなんでしょうね。現実の世界も遠からずこういうことになるんじゃないかという。現に日本人はタイやフィリピンに行って、ドナーを見つけて、お金を払って、臓器移植手術を受けています。子供の肝臓とか腎臓を買うんです。生身の人間をクローンみたいに扱っている日本人が結構います。

**山折**　インドではダリット（カースト・システムの枠外に置かれていた人びと）の子供らが誘拐されて殺されて、その臓器が売買されている。そういう裏世界のことが報道されはじめたのは八〇年代か九〇年代だったと思うのですが、インドのバラナシに行ったとき、誘拐された子供たちの臓器を売り買いする臓器ビジネスが広がっていることは聞きました。

**高山**　この小説では、主人公のクローンが育った施設は閉鎖され、国が始めた施設にされるわけですが、そこでは臓器の畑、臓器牧場としてクローン人間をもっとぞんざいに扱っている。したがって、寄宿舎でクローンの子供たちに絵を描かせたりしたマダム自身は、自分はクローンにそういう情緒教育をしただけでも人道的――ヘンな言い方ですけど、そう思っているわけなんです。ほかのクローン牧場では、そんなことなど一つもさせずに、ただ臓器を取っているんだと。イシグロが書きたかったのはそこじゃないかと思うんですね。これですら絶望の施設だったんだけども、もうそれさえ過去の話になってしまって、新しく進んだ時代では、もっと造作なくあなたたちは処理されていくという。そういう意味では、まさに無明を描いているんですね。

やがてクローンから臓器をとって延命する時代が来るのかもしれません。自分の「生」のため、「延命」のために、自分の財を残しておく。どんなに高い金を払ってもかまわない、自分だけは助かりたいという人のための方法がいずれできるでしょう。

**山折**　その底にあるのは、あなたが言った通り、「生」は価値あるもので「死」は無価値なものという近代主義的な死生観ですよ。

## 死とは何か

**高山** ここで山折さんにうかがいたいのですが、そもそも死とは何か。なぜ人が死に対して不安になったり苦しんだりするのかという問題です。

**山折** そもそも日本では、生死に関する思想はほとんど全部、外部から来ていると思うんです。まず仏教、つぎに儒教、キリスト教。それに対応する日本土着のものは神道と言われるんですが、これは思想と言えるのかどうか。教義がない、教団が長いあいだ未成熟だった、儀礼もきわめて素朴で単純なものだったわけです。だから、外から入ってきた仏教や儒教、キリスト教などの影響が刺激になってシステム化されていったわけです。古来、日本にある神道は、いろいろなところに目に見えないカミが宿っていると感ずる自然宗教です。ところが、国家が成立して神道を活用したり利用したりしていく過程で、イデオロギー的なものや仏教の教義などを取り入れていき、本来自然宗教である神道の性格が変化していった。

仏教・儒教・キリスト教は「生と死」に関して、それぞれ思想体系というべきものをもっていて、その体系を借りてわれわれ日本人は死生観をつくりあげてきた。しかし、外から来た体系化された宗教の死生観だけでは安らかに死ねない。たとえば「極楽」「浄土」「天国」「天」……いろんな他界の領域を観念的にイメージしたものの、やっぱり日本人はそれだけでは満足できなくて苦しむわけです。じゃあどうすれば一番心が安らぐかと言えば、僕の場合は、還暦を迎えたころから「土に還《かえ》る」「自然に還る」と考えるようになった。これが心理的にも生理的にも一番しっくりくる。それを表しているのが、杜甫《とほ》の「国破れて山河あり」、陶淵明《とうえんめい》の「帰りなんいざ、田園まさに蕪《あ》れんとす」——この二人は中国の人だけど、中国的ではない自然観をもっています。いちばん好きな詩を選べと言われたら、僕はこれだな。

日本人の中核にあるのはもちろん神道の自然観です。神道の自然観に即応したとき、日本人はその死生観を同時に受け入れられるわけです。

それを痛切に実感したのは三・一一の一ヵ月後に三陸に行ったときです。海からどんどん遺体が上がってくる。とりあえずは遺体を土葬にする。遺族が声もなくたたずんでいる。その姿を目にしたときは、仏教、キリスト教のどんな来世観を口にしても慰めにはならないと感じましたね。だから最後に、土に還る——自然の猛威である津波、それが荒れ狂った翌日は、皮肉なことに、また穏やかな海に戻っているわけでしょう。自然の二面性ということ。だからそれは人間の力ではどうにもならない。人は自然に還って自然のままに循環していく——これしかありません。

だから僕はね、死んだあと、葬儀はしない。お墓もいらない。焼いてもらってその骨灰は散骨してくれと言ってある。さっき言った「土に還る」ということですよ。これは死んでいく奴の勝手な願望だから、二〇年ほど前、女房と話したがなかなか納得してくれなかったんだけど、しかし結局はそのように決めたんだよ。そしたら女房は「あなたの骨を金づちで叩いて灰にするのが嫌だ」と言うんだな。女房は僕より後まで生きると思っているから（笑）。それじゃあということでウイスキーのオールドパーの空き瓶を家に二本常備してある。オールドパーの瓶底は一番硬くて、骨を砕くのにちょうどいいんですよ。

**高山**　散骨と言いますと、海とか山ですか？

**山折**　「ひと握り散骨」と言って、自宅の近所の散歩道でもいい。本願寺の前でもいい。ひと握りずつ、好きな場所に撒いて自然に還してもらえばそれでいいんです。土はすべてのものを生み出す母体ですよ。かつて生きたもののすべてが微生物の働きで分解され、朽《く》ちて、土となる。ひと握りの土には一〇億匹もの微生物が生きているというんだ。そして、その微生物が数万年、数億年を生きたものたちを繋いでいる。だから土は命の源であり、そこに還ってふたたび循環のリズムにのるわけです。ついでに言うと、僕自身はドナーカードを所持したりそれに署名したりする気はさらさらないし、脳死の判定も拒否します。もちろん、延命治療なども真っ平ごめんです。

**高山**　死ぬことを怖いと思いますか？

**山折**　いいや。もし、死期の迫った人に「死ぬことについてどう考えればいいか」と訊かれたら、僕は、「あなたの元々の存在に還る」「土に還って宇宙に還ってまた循環してまた新しい命が始まりますよ」と言うね。仏教者にも「引導をわたす」ならこの線でいくほかないんではは、と言うんだけど、やはり仏教者は仏教の教理にこだわる、それを説こうとするんだな。

## 中途半端な無神論

**高山**　Ａｍａｚｏｎでは読経するお坊さんまで宅配するようになりました。遺骨だって宅配便でこちらに送ってくれれば供養しますという。

**山折**　とにかく、日本人の「宗教嫌い」と「骨好き」の習性だよ。これからなかなか抜け出せない。中途半端な無神論の拡張と言っていい。

それでお葬式も必要とされなくなっている。檀家《だんか》制度も崩れていく。全日本仏教会は猛反対したんだがＡｍａｚｏｎは聞かないし、需要も伸びているみたいだね。僕は仏教者の側に、新しい戦略を立てたほうがいいだろうと言っているんだが。

お葬式が顧みられなくなった真因には、死者の霊魂を慰めて送ることについての問題がある。ブッダは「霊魂というものはあるかないかはわからない（無記）」と言っていますね。

「ない」とも断言していないわけです。明治以降の仏教者が霊魂を否定するようになったのは、彼らがイギリスやドイツ、フランスに留学して、西洋の近代主義的な仏教解釈の洗礼を受けたからです。その結果、現代のお坊さんたちも、仏教のあるべき姿は霊魂を持ちだすことではないと教えられてきた。だから逆に、葬式に自信が持てない。葬式に迫力がない。

万葉時代には、死んだ人の魂は、肉体から離れて山に昇っていく、あるいは大海原に漂っていくと考えられていました。『万葉集』の挽歌にはそういう表現があります。魂の行方には重大な関心があり、それがどこにいくのか確信をもって信じていた。

青旗《あおはた》の　木幡《こはた》の上を　かよふとは　目には見れども　直《ただ》に逢はぬかも

これは天智天皇の皇后が、夫の死を悼んだ歌で、青々と旗のように茂る木幡の山の上を、大君の魂が抜け出して、漂いながら行きつ戻りつすることは目には見えるけれども、ただちにはお逢いできないことだと歌っています。

**高山**　人間の死は、死者の肉体から魂が遊離することによって始まると考えられていたわけですね。

**山折**　そう。万葉の時代に生きた人々にとって、あの世とこの世は地続きだったのです。やがてそこに仏教が入ってくるわけです。仏教にもいろいろな思想がありますが、日本人にいちばん深くしみ込んだのは、浄土思想です。

**高山**　古来、日本列島に生きてきた人がもつ霊魂観と、インド由来の浄土観が重なり合うと、どういうことになったのですか。

**山折**　古来の日本人は、死んだ人の魂は、山に昇ったり、大海原に漂っていったりして、また帰ってくると考えていました。その霊魂観のもとで、その魂はやがて神になる。そこに仏教が入ってきます。とりわけ浄土思想がしみ込む。インドの仏教徒が考えた浄土は、西方十万億土の彼方にありましたが、それはあまりにも遠い。それで日本人は、われわれのすぐ近くにある山に浄土があり、その山頂の浄土で仏となる、と読み替えていったんです。ここで、外来の仏教思想と、それ以前からあった霊魂観が合体するわけです。そのようにして、霊・魂・仏が一体となった結果、霊魂が忘れ去られていったのです。

それでもかつての日本人は、霊から仏になるまでの推移を非常に大事にしていたんです。今は「ご霊前」（死後四九日経っていない人に包む）と「ご仏前」（四九日の旅が終わり仏になった人に包む）の袋の違いだけになって、形骸化してしまった。そうなると、葬儀を何百万円もかけてするくらいなら、家族葬でいい。家族葬でも数十万かかるから、Ａｍａｚｏｎでお坊さんを注文して、ネットで広告を見て遺骨を送骨しちゃおうということになるわけです。

さきほど死の作法と言いましたが、亡くなった人の魂が山の頂上(浄土)に昇って、神になる、また仏になるまでには時間が必要なのです。死者の儀礼には、踏むべき段階、道筋があったわけです。

**髙山** 天皇の殯を思い出すと、殯は万葉時代から日本列島にあった死生観でした。かつての日本人は、生と死を、断絶ではなくプロセスとして考えてきたんですね。

## 「霊魂が残る」という感覚

**山折** その通り。今でもどこかでわれわれは、生理的には死んでも、なお霊魂がどこかに残っているという感覚をもっています。だから、日本人は脳死や臓器移植に対する抵抗感が強いでしょう。脳死・臓器移植が日本で普及しない原因は、「死んでも霊魂が残っている」と考えるからです。

殯の前提にあるのが、「霊と肉」に象徴される身体感覚ですよ。たとえば断食をすれば次第に弱っていきますね。そうして一日ごとに死の世界に近づき、その奥に入っていくという と、わかりやすいでしょう? 一足飛びに死者の世界に行かないわけです。これも「死の作法」だと僕は思いますね。僕は宗教感覚なしで人間は生きられないと思っているから。そうすると、五〇〇〇年前、一万年前に戻って、つまり、仏教やキリスト教がこの地球上に発生するはるか以前の時代に戻って、万物に命あり、万物生命教、すなわち「万物に命宿る」という人類本来の考え方に戻るしかないと思っている。もともと日本的な意味で言う「神＝カミ」は、キリスト教のような人格をもった「ゴッド」ではありません。「カミ」は「ゴッド」ではなくて、万物＝「モノ」に宿っているパワー（霊・霊威）のことです。「モノ」は人類学的・社会学的に言うと森羅万象。すべての事物に籠もっている命・霊は目に見えません。だから普遍的なものなんです。日本人は目に見えないそういう力に非常に敏感な民族なんです。

**高山**　「もののあわれ」「もののけ」という言葉もありますね。

**山折**　その感覚が深いものだから、生活そのものが霊という問題にずっと直面していたと思うんです。祖霊信仰にしても御霊《ごりょう》信仰にしても、日本文化の古層に横たわっているのは、目に見えない霊、だから、身体全体がスピリチュアルな身体になっている。日本の芸能もそうだし、天皇の問題を考える場合にも、霊あるいは霊威をぬきに解くことはできません。

**高山**　それは天皇から民草まで共通して、ずっと一貫している感じがありますね。

## お能の面は、なぜ目が細いか

**高山**　日本列島には、古くから生活の場に息づく祖霊信仰がありました。生者と死者の関係が極めて近いと言ってもいいのではないですか。だから、どうやって死者を祀ったらよいか、慰めていったらよいのかについては、われわれの伝統文化のなかに、しかるべき作法があったわけですよね。つまり、死んだ人は神になって、そんなに遠くないところに留まってわれわれを見守っていてくれる。だからわれわれはそれに感謝し、祈りをささげることによって、自分たちの集落はこれからも守られていくと考えてきた。死者と生者が交流するなかで共同体を守ってきたと思うんですね。僕らも夜神楽《よかぐら》でそのことを体感してきたわけです。

故郷の高千穂で夜神楽を何度か舞いました。普通は神楽と言うのですが、われわれの高千穂地方の神楽は、夜通しかけて舞うので、夜神楽と言います。そのとき着ける面様《おもてさま》には、一〇〇年前に寄進してつくられたものもあって、裏に寄進者の名前と金額が書いてあります。ぼくのひい祖父さんの名前も書いてあるんですよ。この集落のなかでずっとつながってきたことが肌身で感じられます。

お能の世界でもよく言いますが、面様を着けて夜神楽を舞っているうちに、やはり神懸かりになっていくわけで、その神は、面様に名前を刻んだ自分たちのじいさまたちなんです。そうすると、この人たちはどこかそこらの草葉の陰とか、梢の先っちょにとまってご覧になっているという感覚が生々しく湧いてくる。これを着けますと、目の部分のわずかな穴からしか外界が見えない。目の穴から見ているのと正面しか見えないので、足元がわからなくなっ

国の重要無形民俗文化財でもある「高千穂の夜神楽」

てしまう。それで鼻の穴から下に目を向けて足元を見ながら舞うんです。

面様を着けているからこそ、何か神懸かりが人に伝わってくる。しかし舞手は正面や客席を見ているわけではなく、足元を気にしながらずっと舞うわけです。すると、自分の舞のなかに神が降りてくるような感覚になっていく。まさに神と一緒に、「五穀豊穣なれ」「集落を黄金に実らせてくれ」と祈っているわけです。「思う」のではなくて、そのように「思わされていく」感覚があります。

**山折**　夜神楽でもそうだけど、お能でシテ(主人公)を演ずる者は必ず仮面をかぶりますね。それは素の肉体、あるいは顔の表情ではなかなか神聖な世界が表現できないという限界から来ているんだろうと思っています。

仮面をかぶることでさっと変身して、霊的な存在に変わる。それが日本の御神楽であり、田楽であり、お能であり、狂言です。狭い意味での狂言では仮面をかぶりませんから、もう少しリアルな方向で、お能そのものとは違うと思いますけどね。

お能のなかでも、とくに『翁《おきな》』の能は、舞台にシテが素面で入ってきて、面箱が運ばれてくる。シテが観客の前でその面の箱を開けて、翁の面をかぶる。そこで変身する。それで始まるわけだからね。今あなたが言った夜神楽の原理と非常によく似ている。

**高山**　そうですね。

**山折**　そして、お能の面の場合、なぜあんなに目が細いのかということです。僕は半眼と呼んでいますけど。もちろんお能の面には飛出《とびで》とか、癋見《べしみ》という目をまん丸にしたものもありますが、主人公の目はみんな半眼になっている。小面《こおもて》も、翁も、山姥《やまんば》もそうだし、尉《じょう》の面も全部半眼です。これはなぜか？　という問題です。長い間このことを考えてきたんですが、とくにお能の場合、山から死者が出てくる。これは祖霊ですね。祖霊は死者、亡霊と言ってもいい。さまよう亡霊があらわれて、在りし日の世の物語を語って聞かせ、その物語に応じて唄を歌ったり、舞を舞ったりして、また去っていくわけです。

いま髙山さんは、面をかぶると舞いにくいと言ったでしょう。自然に身体の動きが緩慢になるでしょう。お能の動きも非常に緩慢ですよ。それが亡霊の演出なんです。それこそ亡霊がヒョイッと生者の世界にさまよい出てきて演技しているわけだ。そしてまた死者の世界に戻っていく。この世とあの世を行ったり来たりしている。そうすると、死の世界とこの世の間を往還するときの顔の表情というのは、重要な問題にならないかね。

**高山**　神楽を舞っているとき、自分も半眼になっています。下を見るしかないので。でも舞い終わって楽屋に戻って面様をはずすと、パッと明るい表情になります、ほっとして。

**山折**　三〇年くらい前に僕の父親が八〇歳過ぎて亡くなりました。最期は非常に穏やかな死に方でしたが、幸いに最期の一週間ぐらいは看取ることができた。その間、ずっと父の枕元でその顔を見ていると、だんだん目力が衰えてくるんです。元気なときは目は開いている。開眼。そのときはボソボソと話なんか交わしていた。だけどしだいに日が経って、もう間近だなと思うときは、だいたい半眼になっています。半眼になって、ときどき黒目がグルッと裏返るようなときがあるんですね。死に向かっている。非常に不気味なんだよね。あらぬほうを見ている。グルッと行ったら半眼になる。不思議だなと思って。何度もまた見開いたりするのを繰り返しながら、だんだん弱っていって、最期は閉眼で死ぬわけです。

それでハッと思ったんだ。人は、最期のときにはこういう目をして死んでいくのかと。とくにお能の世界で亡霊を表現するお面の表情は半眼になっている。あれは死と生の世界を行ったり来たりしているところの中間的な表情ではないのかというのが僕の仮説です。

**高山**　僕の父が死ぬときも、そうでした。最後は息を吸い、吐いて死にました。小鳥だってそうです。シジュウカラの子が僕の掌《てのひら》で死んでいくとき、やっぱり半眼になって、息を胸いっぱい吸って、そして吐いて死んでいきました。半眼というのは、人や生き物が死に向かっている、死ぬときにしか表現できない表情ということなんですね。

**山折**　そう。お能は死者の世界を表現するでしょう。だから仮面を必要としたんだと思う。それはおそらく能楽が完成する以前の御神楽も同じで、古くから伝わる民衆芸能においても自然とそういうことが把握されていたと思います。それでね、僕はあるとき京都で、四条《しじょう》通《どおり》を半眼で歩いたことがある（笑）。

**高山**　やりますねえ（笑）。

**山折**　そしたらみんな、よけて通って行った。怪しげな人間が来たと思ったんだな。やはり半眼は真似しちゃだめだと。結局、半眼は生身の人間がやると、やくざ目になるわけだ。やってごらんなさい。できないよ。半眼で歩いてごらんよ。

**高山**　眠るときだけで十分ですよ。

## 死の作法を考える

**山折**　日本人の死生観が、同じ仏教圏の他の民族と異なっていることは、仏像の目にも表れています。僕はインド、東南アジア、中国を旅して、仏像を見ています。タイの代表的な寺院には巨大な涅槃像《ねはん》（寝釈迦像）が祀られている。それこそ一〇メートル、二〇メートルの巨大な涅槃仏が横たわっている。涅槃だから、もうお亡くなりになっている像なのですが、見ると黒目の部分はまん丸なんです。そして、英語の説明書きには「スリーピング・ブッダ」と書いてある。これは涅槃じゃないでしょう（笑）。東南アジアの小乗仏教圏の涅槃像というのは、目がまん丸ですよ。ガンダーラの仏様の目もそうです。ギリシャ文明がずっとユーラシア大陸を通って伝播してきたから、仏像にもその影響は表れている。やはり明らかに生の世界を重視する思想だな。

**髙山**　死のプロセスを嫌う文化圏では、同じ仏像でも日本に伝わったものとはずいぶん違うものですね。

**山折**　あらためて日本の仏像を見ると、平安時代から鎌倉時代にかけての名品は、阿弥陀如来でも、大日如来でも、全部半眼です。よくよく見ると、荘厳な顔というよりも恐ろしい顔ですよ。やはり日本の仏には、日本人の死生観が、あの表情に表れている。生と死の間の往還をじっと見つめているのが仏だと思ったんですよ。日本列島に伝わった涅槃像は半眼。あるいは閉眼です。それは能面の表情とよく似ている。さらに言うと、そのことによって、ある種の霊威を表現しているんじゃないだろうか。

高山　死者は実在のもので、死の世界と生者の世界はまったく切り離されているのではなくて、すぐそばに死者の霊魂が息づいている。だから死を排除しないという感覚が、日本列島に生きてきた先人たちの内にあったということでしょうね。

さて、二〇三〇年には、日本の人口の三分の一が高齢者、しかも全人口の二割が後期高齢者の七五歳以上という超高齢社会を迎えます。日本人の平均寿命は八三・八歳で、世界一位ですよ。世界に誇る長寿を日本人は寿《ことほ》ぐべきかもしれないが、死に方——山折さんは死の作法と表現されている——も考えなきゃならないでしょう。

「死が隣にあることを見て見ぬふり」をしている人が、実際には多いんじゃないでしょうか。つまり、死と真正面から向き合って生きていない。それは身近な人の死を看取り、送る人にとっても言えることかもしれません。

## 父を葬る

高山　僕が三つのころ、曾祖父が死んだんですが、そのひい祖父さんが、ある日、棺桶を自分でつくりはじめたんですよ。馬屋の天井の梁に渡してあった松の板を引っ張り出してきて。かつての高千穂の村々ではどこの家でもそうでしたが、自分の死期をさとると死の準備を自分ではじめるわけです。はっきり覚えているのは、鉋《かんな》で板を削っているひい祖父さんの姿を見て、通りがかった村のおじさんが「おお、支度がはじまったかい」と言って手伝いはじめたことです。結局、寝付いてしまって最後まで棺桶はつくれなかったんですけどね。

**山折**　松は脂《やに》が含まれているからよく燃えるというんだね。古代から棺桶に使われてきたのはコウヤマキ。

**髙山**　もしかしたら、コウヤマキだったのかもしれません。

肉親の死をどう迎えさせるかについては後悔があるんです。山折さんは延命治療はしないとはっきり奥様におっしゃっていますよね。僕は『父を葬《おく》る』（幻戯書房）という小説で書いたんですが、東京と高千穂を往復しながらガンになった父親の看病をしていました。母は、とにかく父に死んでほしくない。でも、医者と相談して抗ガン剤治療はしませんでした。ただ、母の様子が尋常ではないので、父に何かが起きて呼吸が止まったら延命治療をしてくれと頼んだのです。結局それをやってしまった。意識がないにもかかわらず、魂を苦しめさせたのではないかと、今でも悔やんでいます。生前、父は、「俺の頭がおかしくなったら、山の向こうの谷へ捨ててくれ」と言っていました。僕らの身勝手で父を「生かし」「死なせた」のではないかと思っています。

## 死ぬ前にジョブズが遺した言葉

**髙山**　アップル社を創業したスティーブ・ジョブズは、ガンになって五六歳で死にました。そんな彼が最期に残した言葉が、なかなか含蓄があって面白いんです。

　私はビジネスの世界で成功の頂点に君臨した。しかし、仕事をのぞくと喜びが少ない人生だった。人生の終わりには、富など私が積み上げてきた人生の単なる事実でしかない。（中略）私がずっと持っていたプライド、自分が認められることや富は、迫る死を目の前に何も意味をなさなくなっている。死がだんだんと近づいている今、やっと理解したことがある。人生において十分にやっていけるだけの富を積み上げた後は、富とは関係のない他のことを追い求めた方が良い。もっと大切な何か他のこと。終わりを知らない富の追求は、人を歪ませてしまう。私のようにね。神は、誰もの心の中に、富がもたらした幻想ではなく、愛を感じさせるための「感覚」というものを与えてくださった。私が勝ち得た富は、死ぬ時に一緒に持っていけるものではない。

**山折**　その通り。

**高山**　「私が持っていけるものは愛情にあふれた思い出だけだ。これこそが本当の豊かさであり、あなたとずっと一緒にいてくれるもの、あなたに力を与えてくれるもの、あなたの道を照らしてくれるものだ。愛は何千マイルも越えて旅をする。人生には限界はない。行きたいところへ行きなさい。望むところまで高峰を登りなさい。すべてはあなたの心の中にある」

まあ、本当にジョブズが言ったのかどうか怪しむ声もあるようですけどね。

**山折**　まさに岡潔のようなことを言っている。日本で成功を収めた企業家が、最期にこういう文章を書けるかと言ったら、なかなかいないだろう。

**高山**　日本では、ゴッホの名画を当時のレートで一二五億円で購入した経営者が、自分が死んだら一緒にその絵を棺桶に入れてくれと言ったそうです。

**山折**　まさに無明の人だね。生きる意味を金でしか考えられなかったわけだ。それに比べると、ジョブズの言っていることは、誰でもわかる実感ですよ。ただ、なかなかそれはできない。そもそも巨万の富を築き上げることに大成功する人間は、そんなにいないからね。

**高山**　やっぱり、金では延命できなかったということがわかっただけでもありがたい。

**山折**　そこまでいかないとわからんかってなもんだ（笑）。これが禅の一滴というやつだよ。

長谷川伸

## ただ生きているのはつまらない

**山折**　小説家・劇作家の長谷川伸《はせがわしん》*2という人がいます。若い人にはピンとこないかもしれないいんだけど『瞼《まぶた》の母』の原作者です。「俺あ、かう上下の瞼を合せ、ぢッと考へてりやあ、逢はねえ昔のおッかさんの俤《おもかげ》が出てくるんだ――それでいゝんだ」――義理と人情をもって生きる日本の生活民を描きつづけた作家・長谷川伸が七九歳の生涯を閉じたのは、一九六三（昭和三八）年六月一一日。死を目前にした彼の絶筆があります。

生きたり、死んだりしている時、生きようか、死のうか、考えました。死ぬのは簡単で、生きるのは価値を作り出さなくてはならぬ。ただ生きているだけではつまらないものだ、と思いました。（中略）私の生きる価値は仕事にある。仕事なくては生きていけない。（中略）余生を傾倒させる作品にとりかかりたい。それがなくては、命を、この世に引き戻させてもらったのに、何とも申しわけのないことになります。（中略）日本人のえらさを日本人は知らなすぎます。／埋もれた人々を掘り出したい。／誤解された人物を正しく

見たい。（中略）まだ七十九才、じっくり想をねり、人々の魂に何かを与える紙碑を残したいと思います。＝六月七日

**高山**　山折さんには、長谷川伸の世界観について語った『義理と人情　長谷川伸と日本人のこころ』（新潮社）という著書があります。晩年、風邪をこじらせて肺気腫に罹患した長谷川伸は、小康と危篤をくり返していましたが、もともと身体が頑健であったこともあって病院を退院しました。ところが退院後、彼は死のうと考えて絶食した。その理由というのがすごい。「自分のために仕事をおいて見舞いに来てくれるたくさんの人に申し訳ない。国益を損なう」と言うんです。戸川幸夫、山岡荘八、平岩弓枝といった門下生たちに翻意をせまられて絶食をやめたあと、長谷川はこう言っていますね。

生と死はつまるところは同じものでね、生きながら死んでる者もいれば、死んでも生きている人もいる。生きるっていうことは何だろう、と考えることがあるが、それは生きているという存在価値を示すことじゃあないかね。自分でなけりゃあやれないということを

＊2　長谷川伸　一八八四〜一九六三。劇作家として股旅《またたび》ものと呼ばれる作品を多く手掛けた

やればいいね。

**山折**　山田風太郎[*3]さんは古今東西の著名人の最期を取り上げた『人間臨終図巻』（徳間文庫など）で、見舞いに来てくれる人に申し訳ないと自死を考えた長谷川伸を紹介し、「生きている意味を、他人とのかかわりあいに見る人間なら、つきつめるとこういうことになる」と書いています。

**高山**　まさにそこなんですよ。「生きている意味を、他人とのかかわりあいに見る」ならば、「人生なんて死ねば終わり」というニヒリズムの死生観にはならないはずです。

## 「おまえは今死ねるか」

**山折**　長谷川伸は、「自分が本復する日があれば恩に報いるような仕事をしたい。できなかったら君たちに託そう。頼むよ」と言い残して亡くなりました。

僕もね、あるとき天から聞こえるようになったんですよ。「おまえは今死ねるか」という声が聞こえてくる。東京で仕事して宿泊しているホテルの部屋でも聞こえてくるし、自宅の近くを散歩しているときなんかはとくにね。鳥のさえずりが聞こえてきて、木立から風がスーッと吹いてきて「ああ、このまま山に向かって逝っていいかな」と思える瞬間がある。一〇〇回に一度くらいは（笑）。

**髙山**　京都は山に囲まれていますからねえ。

**山折**　とくに五山の送り火（大文字）なんかを見るとね、あれは死者が住む他界だからね。京都には他界がすぐ近くにあるわけだ。

岡潔は、「自然は心のなかに在る」と書いています。つまり、宇宙というコスモスの秩序のなかで万物が生かされていることを、自分の心の内部をみつめて自覚せよという意味ですよ。五〇〇〇年、一万年前からこの列島に息づいてきた日本人の心身の根幹にあるのは「万物に命（霊魂）が宿っている」という自然観です。あめつちが開け始まったときから、生きているものはみな歌を詠んで、生命のリズムを律動させてきたわけです。みずからの内にある生命のリズム＝「自己の本然」をつかんで生き、その本然を尽くして、また自然に還ればよいのです。

**髙山**　なんだか旅に出たくなりました。仕事も何も関係ない旅に。

＊3　山田風太郎　一九二二〜二〇〇一。小説家。幅広い作風で、推理小説とともに『甲賀忍法帖』などの忍法小説ブームも作った

# あとがき

髙山文彦

第一章の天皇の「生前退位」については、二〇一七年六月九日に特例法が国会で可決され、早ければ一八年末、遅くとも二〇年六月までに現天皇は譲位し、「上皇」にお引きになる。

対談ではとりあげなかったが、「テロ等準備罪処罰法」が与党による異常な国会運営によって可決された。反対勢力は「共謀罪」と呼ぶが、私は両者について、賛成とか反対とか言うつもりは毛頭ない。こうなるのが自然なのだ。

すっかりグローバル化した世界では、日本一国の理想通りには片付けられないことばかり。これが鬱陶しいのだけれども。

北朝鮮のＩＣＢＭ（大陸間弾道ミサイル）の完成は、日米同盟に劇的変化をもたらす。北朝鮮から直接核攻撃を受ける立場になる米国は、同盟の根本的見直しを日本に求めてくるだろう。日本は米国の「核の傘」から脱し、憲法改正によって独自の攻撃手段の拡充を急がされる。テロ等準備罪の、あの有無を言わさぬ可決方式には、こうした背景があるはずなのだが、与野党もメディアも国際情勢と法案の関連についてなんら議論、報道しなかったことは、国民にとって大変残念だった。

韓国は親北派の文在寅《ムンジェイン》が新大統領になり、北朝鮮への門をひらこうとしている。彼は就任早々、国家情報院のトップに北朝鮮との対話のエキスパートを任命し、国内部門の機能縮小を指示した。北朝鮮工作員のスパイ活動は、韓国内でほとんど自由になるだろう。こうしたなかでのテロ等準備罪の可決劇でもあったのだ。

中東に影響力をもつトルコは、民主主義を捨てた。ロシアのウクライナ政策とシリア政策が世界の火薬庫となる危険性を帯びている。難民問題が深刻化するヨーロッパでは、ＥＵが解体の危機に瀕している。ＩＳ（イスラム国）によるテロ攻撃も、あとを絶たない。二〇二〇年の東京五輪は、恐ろしい課題を抱えることになった。

家族や友人の幸福だけを祈って、静かに畑を耕していたいものである。一粒の麦にも世界情勢が絡むことを知れば、「明日、世界が滅ぶとも自分はリンゴの木を植える」などと言ってはいられない。人間の言葉は悲しいほど薄っぺらになってしまった。とはいえ、山折哲雄さんと自分は、この言葉と同じような気持ちをどこかに抱えつつ、対話を重ねてきたのではあるまいか。

私は第一章で言いそびれてしまった自分の考えを、手短にここで述べておきたいと思う。

天皇の「生前退位」をめぐっては、女性宮家の創設や退位後の天皇の立場をどうするかといった議論は外に置かれた。この問題はいずれこの国と日本人に伝統的精神世界の崩壊を迫るものとして、深刻に受け止められる。

私は「生前退位」に賛成ではない。皇室典範を改めない限り、いずれ皇室は消滅するのではないだろうか。天皇は亡くなるまで天皇であるべきであって、体の自由がきかなければ、皇太子が崩御の際までお役目を代行なされればよい。殯についても天皇は消極的なニュアンスで述べておられるが、象徴としての務めを永続させるためには、天皇霊重視の姿勢は必要なはずなのである。死と再生のプロセスは、ついに神殺しを行った人類に唯一残された希望なのだ。AIに制御される世界なら、なおさらのこと霊的権威は保全されるべきであろう。

ところで、なぜ天皇があのようにテレビで発表をされたのかが私には不思議なのである。「ご意向」が表面化したのは、NHKのスクープ報道からだ。リークの出所は政府部内としか考えようがない。その結果、世論の九割が「生前退位」を支持したが、これが政治的な情報操作の結果だったとしたらどうだろうか。

東日本大震災のときのように、広く国民の不安を慰藉《いしゃ》するために天皇がテレビを使うのはわかる。しかし個人的な願望達成のために利用するなんて、ちょっと考えられない。そのつもりなどなかったはずの天皇は、報道によって混乱する民心をなだめるためにテレビに出ざるを得なかった、というのが真相ではなかろうか。ではリークの目的は何だったのか、という恐ろしい話になる。

もう一点、不敬の批判を覚悟で言おう。天皇ご自身も重大な責任を背負ったのだ。みずからの進退に触れることは、日本国憲法で禁じられた政治的行為にぎりぎり近い。皇室典範にない「生前退位」を願望する言動によって、政治家に特例法を可決させたという構図は、次の天皇以降にも大きく影響するだろう。「みずから言い出せば、皇室典範の改正なしに退位可能」という先例をつくってしまったのだから。

「天皇様は、神にでも人間にでもおなりになる」と、明治生まれの祖母は言ったものだ。この上、「お辞めになるのも自由」ということになれば、慎ましさを善としてきたはずのこの国の国柄は、手本を失ってしまうだろう。いや、もう失っているのかもしれない。政治家とメディアに礼も作法もなくなるのは当然の流れなのだ。

私は故郷の昔が懐かしい。神社の境内に土俵があった。「譲り場」と呼んでいた。寄合で議論になる。全員賛成が鉄則で、多数決をとらない。幾晩も結論が出るまで話し合い、意見のくい違いをゆっくりと寄り合わせていくので「寄合」というのだ。

しかし、遺恨を抱く者がいる。それで彼らを土俵に上げて、相撲をとらせた。三番勝負で勝ち負けが決まるのだが、村の者全員が見守るなか、二勝一敗で勝つのが必ず寄合で相手側の意見に寄り合わせた側と決まっている。寄り合ってもらった側が勝ちを譲るので、「譲り場」と呼ばれたのだ。

日本の山村には、このような平和への知恵が根を張っていた。そして、その知恵は明るかった。他人の痛みを自分の痛みとして受け止める優しさのことを想像力というのなら、私たちは少々貧弱になってしまった想像力の翼をもう一度しっかりと広げたいものだ。

未曾有の時代の転換点に立って、日本人の本質というものについて山折さんと語り合えたことは、大きな喜びであった。感謝いたします。

二〇一七年六月二〇日

**山折哲雄**

1931年、米サンフランシスコ生まれ。東北大学文学部卒業。宗教学者・評論家。著書に『人間蓮如』(洋泉社MC新書〔増補新版〕)、『霊と肉』『日本仏教思想論序説』(ともに講談社学術文庫)、『「ひとり」の哲学』『義理と人情　長谷川伸と日本人のこころ』(ともに新潮選書)など多数。

**髙山文彦**

1958年、宮崎県生まれ。法政大学文学部中退。作家。高千穂あまてらす鉄道社長。『火花　北条民雄の生涯』で第31回大宅壮一ノンフィクション賞、第22回講談社ノンフィクション賞を受賞。著書に『中上健次の生涯　エレクトラ』(文春文庫)、『ふたり 皇后美智子と石牟礼道子』(講談社)など。

講談社+α《プラスアルファ》新書　769-1 C

**日本人《にほんじん》が忘《わす》れた日本人《にほんじん》の本質《ほんしつ》**

山折哲雄《やまおりてつお》 ©Tetsuo Yamaori 2017
髙山文彦《たかやまふみひこ》 ©Fumihiko Takayama 2017

2017年7月20日第1刷発行

発行者――鈴木 哲
発行所――株式会社 講談社
東京都文京区音羽2-12-21 〒112-8001
電話 編集(03)5395-3522
販売(03)5395-4415
業務(03)5395-3615

デザイン――鈴木成一デザイン室
カバー印刷――共同印刷株式会社
印刷――慶昌堂印刷株式会社
製本――牧製本印刷株式会社

定価はカバーに表示してあります。
落丁本・乱丁本は購入書店名を明記のうえ、小社業務あてにお送りください。
送料は小社負担にてお取り替えします。
なお、この本の内容についてのお問い合わせは第一事業局企画部「+α新書」あてにお願いいたします。

Printed in Japan
ISBN978-4-06-272997-0

# 講談社＋α新書

- **世界大変動と日本の復活** 竹中教授の2020年・日本大転換プラン　竹中平蔵
  アベノミクスの目標＝GDP600兆円はこうすれば達成できる。最強経済への4大成長戦略　840円 747-1 C
- **ビジネスZEN入門**　松山大耕
  ジョブズを始めとした世界のビジネスリーダーがたしなむ「禅」が、あなたにも役立ちます！　840円 748-1 C
- **グーグルを驚愕させた日本人の知らないニッポン企業**　山川博功
  取引先は世界一二〇ヵ国以上、社員の三分の一は外国人。小さな超グローバル企業の快進撃！　840円 749-1 C
- **力を引き出す** 「ゆとり世代」の伸ばし方　原晋　原田曜平
  青学陸上部を強豪校に育てあげた名将と、若者研究の第一人者が語るゆとり世代を育てる技術　800円 750-1 C
- **台湾で見つけた、日本人が忘れた「日本」**　村串栄一
  激動する〝国〟台湾には、日本人が忘れた歴史がいまも息づいていた。読めば行きたくなるルポ　840円 751-1 C
- **不死身のひと** 脳梗塞、がん、心臓病から15回生還した男　村串栄一
  がん12回、脳梗塞、腎臓病、心房細動、心房粗動、胃三分の二切除……満身創痍でもしぶとく生きる！　840円 751-2 C
- **世界一の会議** ダボス会議の秘密　齋藤ウィリアム浩幸
  なぜダボス会議は世界中から注目されるのか？ ダボスから見えてくる世界の潮流と緊急課題　840円 752-1 C
- **欧州危機と反グローバリズム** 破綻と分断の現場を歩く　星野眞三雄
  英国EU離脱とトランプ現象に共通するものは何か？ EU26ヵ国を取材した記者の緊急報告　860円 753-1 C
- **儒教に支配された中国人と韓国人の悲劇**　ケント・ギルバート
  「私はアメリカ人だから断言できる!! 日本人と中国・韓国人は全くの別物だ」――警告の書　840円 754-1 C
- **日本人だけが知らない砂漠のグローバル大国UAE**　加茂佳彦
  なぜ世界のビジネスマン、投資家、技術者はUAEに向かうのか？ 答えはオイルマネー以外にあった！　840円 756-1 C
- **金正恩の核が北朝鮮を滅ぼす日**　牧野愛博
  格段に上がった脅威レベル、荒廃する社会。危険過ぎる隣人を裸にする、ソウル支局長の報告　860円 757-1 C

表示価格はすべて本体価格（税別）です。本体価格は変更することがあります